DENISE MINA

DER VERTRAUTE DER KÖNIGIN

Roman

Aus dem Englischen von
Werner Löcher-Lawrence

btb

»Die Übungsstücke erzählender Prosa, aus denen sich dieses Buch zusammensetzt ... machen überreichen Gebrauch von einigen Stilfiguren: den ungleichartigen Aufzählungen, dem jähen Handlungsschnitt, der Zurückführung eines ganzen Menschenlebens auf zwei oder drei Szenen ... Sie enthalten keine Psychologie und wollen auch keine enthalten.«

Jorge Luis Borges, *Universalgeschichte der Niedertracht* (Aus dem Vorwort zur ersten Auflage, 1935)

DAVID RIZZIO SPIELT MIT SEINEN ATTENTÄTERN TENNIS

*Später Samstagnachmittag, 9. März 1566 ·
Ballhaus Schloss Holyrood · Edinburgh*

Lord Ruthven wollte, dass er bei diesem Ten-
nisspiel getötet würde, aber Darnley sagte
Nein. Lord Darnley will, dass es heute Nacht
geschieht. Seine Frau soll den Mord miterle-
ben, denn David Rizzio ist ihr engster Freund,
ihr *persönlicher Sekretär*, und sie ist hochschwanger. Darnley hofft, dass sie eine Fehlgeburt erleidet, wenn sie sieht, wie er auf
schreckliche Weise umgebracht wird, und
dass sie dabei auch ihr eigenes Leben verliert.
Sie ist die Königin. Seit ihrer Hochzeitsnacht
streiten sie wegen seiner Forderung, den gleichen Status zu bekommen wie sie, und wenn

sie stirbt und das Baby stirbt, ist Darnleys Anspruch auf den Thron unbestreitbar. Sie sind Rivalen. Das wusste sie von Beginn an. Er will, dass der Mord vor ihren Augen geschieht.

Darnley schlägt auf, und Rizzio antwortet mit einem eleganten Return. Der Korkball fliegt über den Court ins jenseitige Viertel und schlägt so fest auf, dass er bis aufs schräg abfallende hölzerne Vordach über den Zuschauerbänken springt. Es gibt einen lauten Knall, als er darauf landet. Der Ball rollt herunter und fällt auf den Platz – *plopp, plopp, plopp.*

Der Punkt geht an Rizzio.

Unter dem Dach sitzt ein Mann namens Henry Yair. Er verfolgt das Spiel von einer in die Mauer des Ballhauses eingebauten Bank. Er steht in den Diensten von Lord Ruthven und ist hier, um für seinen Herrn ein Auge auf Darnley zu haben.

Yair hasst alle hier, und vor allem hasst er Tennis. Tennis verkörpert für ihn all das, was mit den Menschen nicht stimmt. Yair ist furchtbar blass, und er hat rot geränderte Augen, weil er nicht geschlafen hat. Er ist wachsam und sieht überall Ränke. Er denkt in Gegensätzen:

gut/schlecht, Mann/Frau, calvinistisch/katholisch, für Gott/gegen Gott. Einst war er ein leidenschaftlicher Katholik, heute ist er ein extremer Calvinist. Er hat die Wahrheit erkannt und sie sich zu eigen gemacht, und er hasst diejenigen, die es nicht tun, die im Katholischen verharren. Wie können sie an den alten, zerschellten Ideen festhalten? Wie können sie eine derart korrupte, eine derart mörderische Kirche verteidigen, die den einen wahren Glauben verrät? Sie ekeln ihn an. Er versteht nicht, wie sie damit leben können.

Andere Calvinisten beglückwünschen ihn zu seiner Leidenschaft und ignorieren die seinem Fanatismus innewohnende Gewalttätigkeit, weil er auf ihrer Seite steht. Die Reformation liegt nicht lang zurück, die Sache ist noch unentschieden. Es ist noch nicht sicher. Alle fürchten ein Wiederaufleben der alten römischen Religion, fürchten, für ihren Glauben getötet zu werden, fürchten Spione und fremde Interventionen. Männer so besessen und feurig wie Yair nutzen der protestantischen Bewegung.

Wenn seine Mitcalvinisten am nächsten

Morgen hören, dass Yair durch Edinburgh geschlichen ist, wenn sie erfahren, was er getan hat, wen er getötet hat, werden sie Überraschung heucheln, doch tief in ihren Herzen werden sie sich an sein bleiches Gesicht erinnern, die großen wässrigen Augen und seine heftigen Reaktionen auf jeglichen Anschein von Widerspruch. Und sie werden sich eingestehen, dass so etwas unvermeidlich war und sie seinen beunruhigenden Eifer noch gefördert haben, obwohl doch seit Langem klar war, dass so etwas passieren könnte. Jeder von ihnen hätte in seinem Bett von ihm erstochen werden können. Yair war immer schon eine Mörderseele, die nach einer Ausrede sucht.

Aus den Schatten unter dem Holzdach kann Yair die Spieler auf dem hellen Platz bestens sehen, jede aufblitzende Nuance ihrer Gesten und Blicke.

Lord Darnley und David Rizzio mögen sich nicht, aber nur einer von ihnen kann es sich erlauben, dies zu zeigen. Darnley grinst höhnisch und mustert Rizzio von Kopf bis Fuß. Rizzio lässt sich nichts anmerken und übersieht die Geringschätzung. Darnley ist mit der

Königin verheiratet, Rizzio ist ihr Bediensteter. Es ist ein ungleicher Kampf. Rizzio dominiert das Spiel, und Darnley muss seine tiefe Abneigung ihm gegenüber verbergen, oder er riskiert, dass es aussieht, als schmolle er. Yair sieht zu und weiß, es sind Männer des Hofes. Sie heucheln, lügen und schmeicheln einander, und wenn sie nicht in der Lage sind, es überzeugend zu tun, verbeugen sie sich oder wenden sich ab, um ihre Gesichter zu verstecken. Und beide sind Katholiken. Sie lieben die Macht mehr als die Erlösung. Sie träumen davon, Macht zu haben und die Calvinisten zu Tode zu martern. Sie dienen dem Papst und anderen fremden Mächten. Ihre Treue ist erkauft.

Es ist eiskalt im Ballhaus. Yairs Atem funkelt über seine Lippen. Er sitzt mit verschränkten Armen da und hält die Hände fest unter den Achseln vergraben, damit ihm die Finger nicht absterben. Aber der Gedanke an Lord Ruthvens Plan, Rizzio zu ermorden, wärmt ihn. Er wärmt ihn, als würde er vom Blut des Lammes umspült.

Yair betrachtet David Rizzio auf der anderen

Seite des Courts. Der Italiener ist klein, hässlich und fremdartig. Seine Haut wirkt schmutzig. Er ist gerissen und hinterhältig. Er ist nicht mehr als ein Sänger, wie kann er die Königin beraten? Es geht das Gerücht, dass er ein päpstlicher Spion ist. Yair kartiert alle Räume nach konfessionellen Kriterien. Er weiß, wer »auf unsrer Seite« ist und wer »gegen uns«. Um die Tiefe seiner Abscheu zu rechtfertigen, verdächtigt er jeden Katholiken aller nur erdenklichen Verbrechen. Yair war ein Priester, ein Beichtvater, und wer sonst, wenn nicht er, sollte wissen, was die Köpfe der verstockten Katholiken füllt: Unzucht, Diebstahl, Knabenliebe, Kindesmord, Verrat auf allen Ebenen. Hochverrat ist ein Angriff auf den Staat, im Kleinen geht es gegen eine übergeordnete Person, da wird ein Mann von seiner Frau getötet. Das ist verwerflicher als ein einfacher Mord, eben wegen des verräterischen Moments. Es bringt die natürliche Ordnung der Dinge aus dem Gleichgewicht, so wie Gott die Welt geordnet haben möchte. Und indem sie ihrem Mann verweigert, was er will, ist die Königin zu einer Verräterin im Kleinen geworden.

Darnley schlägt auf, Rizzio retourniert, der Ball geht ein weiteres Mal zu Rizzio, der ihn weghaut. Rizzio gewinnt den Satz, grinst und versucht, sich die Freude von den Lippen zu pressen. Darnley blickt düster drein, wendet sich zur Seite, nimmt ein Schweißtuch, um sich das Gesicht abzuwischen, und Yair sieht ihn aus der Nähe. Darnley ist einundzwanzig, gut aussehend und anmaßend. Seine Lippen bilden ein wütendes kleines O. Er hält das Tuch lange vor sein Gesicht.

Yair liebt die Strenge des Calvinismus, seine Reinheit. Er benutzt ihn als Textbuch seiner gereizten Missbilligung von allem: Tanz, Lachen, Torheit, Blasphemie, Gesang, Essen, Lüsternheit, Wein, Scherzen, sogar Farben – und ganz besonders der verdammten Tennisspielerei.

Rizzio weiß nicht, dass sie vorhaben, ihn heute Abend zu töten. Er hört Gerüchte, sieht die Leute flüstern, weiß, dass etwas vor sich geht, aber es geht immer etwas vor sich: Das ist das Wesen des Lebens bei Hofe. Das Geflüster wird seit Monaten mehr, hat sich bis zur gegenwärtigen Sitzungsperiode des Parlaments immer weiter aufgebaut, das den Rivalen der Königin endgültig und unwiderruflich ihr Land, ihre Macht und ihre Titel nehmen wird. Die Beschlüsse des Parlaments werden Schottland bei den Schultern packen, von England ab- und Europa zuwenden und die Macht in den Händen der Königin konzentrieren.

Sie sind fast am Ziel.

Edinburgh ist zum Bersten gefüllt. Das Parlament tagt, und alle, die einen Sitz darin haben, sind in die Hauptstadt gerufen worden. Sie haben ihre Haushalte mitgebracht, ihre Familie, ihre Dienerschaft, Vorräte, Käse, Wäsche, Möbel, Betten und ihre besten Milchkühe. Den ganzen Tag über ist der Lärmpegel in der Stadt doppelt so hoch wie gewöhnlich, geradezu ohrenbetäubend. Des Nachts sind Küchenböden, zugige Flure und Korridore mit schlafenden Bediensteten und Tieren übersät. Tags kommt man kaum mehr durch die engen Gassen. Es gibt keinen Rückzug, alle sehen alle, beobachten, lächeln, nicken, werden gesehen.

In Edinburgh herrscht kein Mangel an Dingen, über die sich flüstern lässt. Darnley nimmt erneut seine Position an der Grundlinie ein und hält seinen Schläger mit beiden Händen. Rizzio gewinnt das Spiel, darf seine Freude aber nicht zum Ausdruck bringen, ein umherirrendes Lächeln zieht an einem Mundwinkel. Er gewinnt gerne, besonders gegen Darnley, weil er nur zu gut weiß, wie sehr sein Rivale es hasst zu verlieren. Ihre Blicke treffen sich. Darnley kann seine Wut nicht verbergen. Er sieht weg, bis sein Gesicht aufhört, seinen Gemütszustand zu verraten. Tatsächlich hat Rizzio mehr zu verbergen als Darnley. Es gab eine Zeit, da schlief er in dessen Bett, lag zu Darnleys Füßen und nannte ihn seinen Master. Er hat Darnley geliebt, und er tut es immer noch. Sein Verlangen nach ihm ist sein großes Geheimnis, das eine, das er nie jemandem gestehen wird. Er kann es sich selbst kaum gestehen, denn Darnley ist nicht nur gut aussehend, reich und charismatisch, sondern auch ein Aufschneider und Lügner, ein Hurenbock, ein schwacher, heulender, betrunkener Narr, der der Königin in aller Öffentlichkeit schreiend Forderungen stellt. Einmal hat er sie abends beim Essen geschlagen, hat sie schmerzhaft geohrfeigt, als wäre sie eine Magd, die den Wein zu spät bringt. Aber Rizzio liebt ihn. Er hätte ihm auf ewig gedient, doch Darnley gewöhnte sich an ihn, schöpfte Vertrauen und ließ alle Hemmungen vor ihm fahren. Er ließ Rizzio sehen, wie er wirklich war. Es schmerzt Rizzio, es zuzugeben, aber Darnley ist ein erbärmlicher Fürst.

Der Apfel fällt nicht weit vom Stamm: Darnleys Vater, Lord Lennox, ist ein boshafter Mann. Er hat den Sohn gegen die Ehefrau aufgewiegelt, ihn davon überzeugt, dass er statt ihrer auf dem Thron sitzen sollte. Und so kann Darnley Mary nicht vergeben, dass sie ihm ihren Status verwehrt. Bei der Heirat hat sie ihm die Krone versprochen, hält sie jetzt jedoch zurück, weil sie sieht, wie Darnley wochenlang zur Jagd verschwindet, wie er trinkt, wilde Gelage feiert und sich weigert, die offiziellen Dokumente der Königin auch mit seinem Siegel zu versehen. Es ist erforderlich, dass er das tut. Keiner ihrer Erlasse gilt etwas ohne

sein Siegel neben ihrem, und die Regierungs-
geschäfte kommen regelmäßig zum Erliegen,
weil er sich einem Saufgelage hingibt oder auf
der Jagd ist. Ohne sein Zutun geht nichts voran.
So haben sie sich wegen des Siegels einen Zer-
mürbungskrieg geliefert: Darnley verschwand,
Mary folgte ihm, er wollte den gleichen Status
wie sie, und sie bestand darauf, dass er sich
diesen erst verdienen müsse – bis Mary die Geduld verlor. Sie hat eine Kopie von seinem Siegel anfertigen lassen und es ihrem Sekretär,
Rizzio, gegeben. Darnley kocht vor Wut, aber
es war nicht Rizzios Idee. Er tut nur, was ihm
gesagt wird. Darnley muss das doch einsehen.

Die Kälte im Ballhaus ist angenehm, aber
Rizzio schwitzt. Seine Kleider sind feucht, und
sein Herz schlägt heftig und schnell. Er ist
immer noch gut in Form und weiß sich zu bewegen, und er dankt Gott dafür. Eine gute Ge-
sundheit ist im Alter von zweiunddreißig Jahren ein seltenes Geschenk.

Darnley ist schlank, groß und selbst beim
Tennis nicht nüchtern. Sein gutes Aussehen hat
etwas Flaches. Sein Gesicht ist symmetrisch,
und auf seinen Wangen gibt es bemerkenswert

wenige Pockenkrater, aber er ist blass. Sein kleinlicher Unmut, seine Bitterkeit und sein Selbstmitleid – das alles ist in seinen Augen zu erkennen und zieht an seinen Mundwinkeln. Darnley nimmt immer nur. Niemand verlässt seine Gesellschaft und fühlt sich anschließend besser. Darnley versucht andere Menschen unglücklich zu machen, weil er selbst unglücklich ist. Mit einem Vater wie Lennox, wer könnte da schon glücklich sein?

Rizzio sieht, wie Darnley die Augen verengt, seinen Schläger hebt und so tut, als schlüge er auf – und dann lacht er spöttisch, als hätte er Rizzio hereingelegt. Aber der hat sich nicht hereinlegen lassen und sich nicht bewegt. Wie kann er reagieren? Wenn er Darnleys freudloses Lachen nachmacht, mag das unverschämt erscheinen. Er könnte mitspielen und sagen: »Ha, da haben Sie mich aber erwischt, Sir!«, doch das könnte herablassend wirken, und schon ein Anflug von Hochmut ist zu viel für Darnley. Rizzio könnte ihn herausfordern, indem er einfach nur mit den Schultern zuckt und »Na, und?« sagt. Aber der Moment vergeht, und Rizzio hat nichts getan, und er erkennt,

dass das genau das Richtige war. Bleib unge-
rührt. Lass Darnley seine Stimmungen ausle-
ben.

Wenn die Königin sagt, ihr Mann ist ein Säu-
fer oder ein Nichtsnutz, nickt Rizzio nicht oder
verdreht die Augen, wie es andere Bedienstete
tun. Er ist erfahren, ein Profi. Er weiß, dass
diejenigen, denen er dient, vielleicht geruhen,
ihn wie einen Freund oder Gleichgestellten zu
behandeln, doch das ist er nicht. Er ist hier,
nicht weil er willkommen ist, sondern von
Nutzen. Und David Rizzio macht sich unglaub-
lich nützlich.

Er übersetzt in und aus vier Sprachen. Er
berät bei der Abfassung von Gesetzen und Er-
klärungen, hält Verbindung mit den weniger
wichtigen Höfen Europas, singt und unterhält.
Er kleidet sich, um einen angenehmen Anblick
zu bieten. Mary weiß, wie anstrengend diese
vermeintliche Neutralität ist. Sie musste es
selbst lernen, als sie aufwuchs. Sie weiß seine
Anstrengung zu schätzen, und sie vertraut
ihm.

Rizzio weiß, dass sein Leben in Gefahr ist.
Natürlich ist es das: er ist der Bevollmächtigte

einer Königin. Sie nehmen ihr ihre Macht übel, ihr Frausein, ihre religiöse Hingabe und ihre Schwangerschaft, die die Möglichkeit birgt, die katholische Erbfolge fortzusetzen. Sie steht für die Gefahr, dass es kein protestantisches Europa geben wird, jetzt nicht und auch nicht in Zukunft. Und mehr noch hassen sie Mary für ihre Liebesheirat mit Darnley, weil auch er katholisch ist und, womöglich noch schlimmer, ein Lennox.

Was Darnleys Familie betrifft, herrscht, und das ist selten in Schottland, Einigkeit: *Alle* hassen sie. Es gibt nicht viel, was ein reicher, mächtiger Mann tun kann, das ihm den Hass aller im Land einträgt, aber Lennox hat es gefunden: Als die örtlichen Grundbesitzer ohne Erlaubnis die Reihen seiner Armee verließen, nahm er ihre Kinder als Geiseln. Die Grundbesitzer kehrten daraufhin zurück, dennoch massakrierte Lennox, voller Wut, dass sie ihm die Stirn geboten hatten, elf der Kinder. Kinder von Edelleuten. Es war ein erschreckendes Beispiel kleingeistigen Grolls und viehischer Brutalität. Das ist zwanzig Jahre her, aber das halbe Land hat es immer noch nicht verdaut.

Aber Rizzio kommt aus Mailand und hat am Hof von Savoyen gearbeitet. Sein Vater war Sekretär an einem wichtigen Hof Italiens. Rizzio hat weit Schlimmeres erlebt. »Alles nur Gerede«, sagt er, als er von den Gerüchten hört, dass sein Leben bedroht ist. »Die Schotten sind ständig voller Drohungen, lassen aber keine Taten folgen.« Nichts überrascht ihn, und wenn doch, lässt er es sich nicht anmerken. Doch Rizzio hat nicht ganz begriffen, wie vertrackt Dispute hier ausgetragen werden. An den Höfen Norditaliens ist ein Staatsstreich ein heißer Kampf, ein Angriff und ein Ruf zu den Waffen. Dem geht kein monatelanges Aufsetzen rechtlich bindender Verträge voraus, in denen die erwarteten Erträge verhandelt werden, mit etlichen Neufassungen, die vor der Unterschrift von den Sekretären der Beteiligten geprüft werden.

Rizzio denkt, wenn Darnley ihn tot sehen will, könnte er ihn hier und jetzt aufspießen. Ja, doch, Rizzio weiß, dass etwas vorgeht, aber es geht, wie gesagt, *immer* etwas vor – so ist es nun mal im königlichen Machtbereich.

Auf der anderen Seite des Courts hebt Darnley den Arm und schlägt wirklich auf. Rizzio sieht den Ball direkt auf sich zufliegen, ein festes Stück Kork, das ihm die Zähne einschlagen könnte. Er hält den Blick darauf gerichtet, tritt gekonnt zur Seite, holt elegant mit dem Schläger aus und trifft die Bedrohung im besten Winkel.

Plötzliches Sonnenlicht flutet den Court und taucht die Bänke unter dem Vordach in tiefen Schatten. Henry Yairs Gesicht wird zweigeteilt. Da sind nur mehr seine Lippen, die sich langsam öffnen und Frost in den Spätnachmittag hauchen.

NEIN, SIE ZUERST

Früher Samstagabend · 9. März 1566 ·
Marys Speisezimmer

Mary, Königin von Schottland, ist im sechsten Monat schwanger, warmherzig und jung. Sie gibt ein Essen für ihre Freundinnen und Freunde, im kleinen Turmzimmer des von James V. erbauten Nordwestturms, direkt bei ihrem Schlafgemach.

Jeder Tag bringt sie weiter der Sicherheit entgegen.

In Edinburgh ist es kalt, aber der Frühling schickt erste sichtbare Boten. Das Licht beginnt sich zu ändern, Grau weicht Blau, die Tage werden länger, der Regen gibt sich weniger boshaft. Die Anzeichen der Erneuerung spiegeln sich in Marys Körper. Ihre Brüste werden voller, ihre Wangen röten sich mit frischem Blut, ihre große, schlanke Gestalt formt sich langsam zu einem S.

Neues Leben kündigt sich an.

Sie weiß nicht, dass der halbe Adel Schottlands unten versammelt ist und das Schloss stürmt. Sie huschen durchs Dunkel, zweihundert von ihnen, drängen in die Eingänge und überwältigen die Wachen. Sie haben bereits sämtliche Schlüssel an sich gebracht und die Tore gesichert. Genau in jenem Moment, als Mary einen Bissen Fleisch zum Mund hebt, steigen Lord Ruthven und sein Gehilfe Henry Yair die Stufen zu Darnleys Gemächern auf der Etage unter Marys hinauf.

Niemand der im Speisezimmer miteinander Plaudernden hört etwas.

Mary erläutert ihrer unehelichen Halbschwester Jean, Gräfin Argyll, gut gelaunt, dass es in Edinburgh zwar kalt ist, das aber nur ein letztes Aufbäumen sei, welches das Ende des Winters signalisiere. Der Wechsel kommt, ein guter Wechsel. Sie ist in Paris aufgewachsen, und dort, sagt Mary, gleiten die Monate ineinander.

Hier hingegen vollzieht sich der Wechsel der

Jahreszeiten dramatisch. Jean sagt, sie mag die Dramatik, die großen Unterschiede. Sie machen es leichter, das Neue zu genießen, statt dass etwas ewig gleich erscheint, und ist Bewusstheit nicht der halbe Dank?

Mary mag Jean. Sie ist klug und weise, eine gebildete Frau, die sich dessen nicht schämt und ihre Interessen vertritt. Mit am Tisch sitzt Lady Huntly, von der Mary weniger angetan ist. Sie ist alt, und zwischen ihnen beiden ist so viel passiert, dass Mary nicht wirklich glauben kann, dass Lady Huntly sie nicht hasst. Sie äußert niemals eine Meinung und weicht nicht von Marys Seite.

Marys Gemächer sind ein Spiegel derer Darnleys direkt unter ihr im Turm. Beide haben ein großes, offizielles Audienzzimmer, in das man über dieselbe prachtvolle Treppe gelangt und von dem ein Durchgang in ihre privaten Gemächer führt. Eine versteckte private Treppe verbindet zudem ihrer beider Schlafzimmer, sodass sie sich besuchen können, ohne dass es jemand sieht: Sie mögen ja die Regenten des Landes sein, aber sie sind auch ein jung verheiratetes Paar. Beide Schlafzimmer haben zwei Nebenzimmer in den kleinen Seitentürmen, welche die Ecken des Nordwestturms bilden.

Mary mag ihre kleinen Turmzimmer. Sie sind gemütlich und warm und bieten eine zwanglose Atmosphäre. Dort bewirtet sie heute Abend auch ihre zwölf Gäste.

Die Gäste von höchstem Stand sitzen am Tisch. Verschiedene Bedienstete und Gefolgsleute stehen oder sitzen an der Wand und warten, dass sie an die Reihe kommen. Es ist Fastenzeit, und die Katholiken kasteien sich die letzten vierzig Tage vor Ostern, um dem Opfer Jesu Christi nachzueifern, allein Mary ist davon ausgenommen, weil sie schwanger ist. Sie darf selbst am Samstag Fleisch essen. Eine Hirschkeule schwitzt in einer Terrine auf dem Tisch, und der Duft der Soße füllt den Raum. Er ist köstlich süß und schwer. Die zweite Reihe der Speisenden, die entlang der Wand – von denen einige nicht katholisch sind und Fleisch essen dürfen –, wissen, dass das, was am Tisch übrig bleibt, anschließend bei ihnen landet, und so liegt eine erwartungsvolle Erregung in der Luft.

Es gibt auch Brot und Pasteten, getrocknete Früchte und einen warmen Mandelmilchpudding, der den Duft von Vanille und Nelken verströmt. Liebe und Geselligkeit sind mit Händen zu greifen.

Mary lauscht Jean, die von Dankbarkeit spricht, nickt, während ihrer Schwester die Gedanken ausgehen, und nickt immer noch, als sie verstummt und auf ihrem Teller herumstochert. Die Blicke der Frauen treffen sich, und sie lächeln sich voller Zuneigung an. Mary legt eine Hand auf ihren Bauch und spürt, wie sich das Baby unter der Berührung regt. Ein Sprung, ein Tritt, ein träges Sich-Strecken. Sie genießt diesen Moment, die kurze wertvolle Zeit, wenn alles gut ist, denn wer weiß, was als Nächstes geschieht. Die Müttersterblichkeit ist so hoch, dass diejenigen mit Vermögen gedrängt werden, ihr Testament zu machen, wenn sie ins dritte Trimester eintreten. Deshalb ist Mary so darauf aus, die Regelung vor ihrer Niederkunft durchs Parlament zu bringen. In zwei Tagen ist es geschafft. Sie hat fast gewonnen. Bis Dienstagabend ist alles be-

schlossen, und dann kann sie sich zurückzie-
hen, um das Kind zu bekommen, für das der
Friede erkämpft wurde. Bewusstheit ist der halbe Dank. Mary weiß,
dass es ihr gut geht, sie jung ist und es Freunde
sind, mit denen sie isst. Sie weiß, der Frühling
kommt, dass sie Fleisch und Brot haben, ge-
sund sind und sie ein neues Leben unter dem
Herzen trägt. Ich danke dir, Gott, denkt sie, lächelt und
streicht sanft mit den Fingerspitzen über ihren
Bauch. Gott sei Dank. Es tritt eine gesellige Pause in der Unterhaltung ein, und Rizzio füllt sie mit einer Frage.
Alle müssen darauf eine Antwort geben, sagt
er: *Was ist das schönste Musikstück, das Sie
je gehört haben, und warum?* Mary lächelt,
sie lässt die Hand vom Bauch sinken und holt
Luft, um zu antworten. Es ist ein offener Moment der Geschichte –
alles könnte geschehen ... Eine Etage tiefer öffnet Darnley auf ein leises Klopfen hin die Tür zur prunkvollen Treppe,
vor der Ruthven und sein Mann, Henry Yair,
stehen. Ruthvens Wangen sind eingefallen und

leichengrün, die Lippen schmal, von einem seltsam weibischen burgunderroten Ton.

Darnley betrachtet Ruthvens Aufzug. »Was tragen Sie da auf dem Kopf?«

Ruthven wankt, sagt aber nichts. Hinter ihm schleichen achtzig Mann hinauf zu Marys Gemächern. Gebückt bewegen sie sich voran, kein Mucks, so wurde ihnen befohlen, und sie halten ihre Schwerter, Hellebarden, Pistolen und Laternen mit beiden Händen, damit nichts gegen die Steinstufen schlägt und sie verrät. Niemand trägt Sachen wie Ruthven. Einige kichern über seinen Aufzug, andere scheinen irritiert und verlegen, von solch einer Witzfigur angeführt zu werden.

»Lassen Sie mich rein!«, zischt Ruthven. Sein Atem riecht nach saurer Milch und Katzenpisse. Ruthven ist Darnleys angeheirateter Onkel, er ist sechsundvierzig und hat zwei Monate im Bett gelegen, sterbend. Sein Blick ist unstet, seine Haut gelb, auf den Lidern stehen Schweißtropfen.

Darnley lässt die beiden Männer herein und schließt leise hinter ihnen die Tür.

Ruthven schwankt ins Audienzzimmer, hält 29

sich gerade noch auf den Beinen, stolpert über die eigenen Füße und schafft es, eine Schulter vorgereckt, zum Durchgang. Er wankt ins Schlafzimmer und murmelt dabei leise vor sich hin. Yair hastet ihm hinterher, die Hände vor sich ausgestreckt, als erwartete er, dass Ruthven nach hinten kippen könnte.

Die Verschwörer haben eine Leiche zu ihrem Anführer gemacht. Darnley ist verärgert: Das alles sieht aus, als hätten sie keinerlei Vertrauen in ihren Plan und wäre es ihnen egal, ob Ruthven dabei sein Leben lässt. Er ist sowieso schon halb tot, und keiner mag ihn, weil er so widerwärtig ist, ein Nekromant, wie viele denken. Ruthven ist genauso machtversessen wie alle anderen, aber ohne die nötige Raffinesse, dies in religiösen Eifer oder Besorgnis um das Gemeinwohl zu hüllen. Er ist so unausstehlich, dass ihn seine Frau, obwohl sie doch weiß, dass er stirbt, gerade verlassen hat. Sie hat es keine weitere Minute mehr mit ihm ausgehalten, und niemand wirft ihr das vor. Ruthven ist nicht zu ertragen. Und dass er hier jetzt *so* auftaucht. Warum um Himmels willen hat er sich so ausstaffiert?

Aber Darnley ist jung, Selbstzweifel sind ihm fremd, und er ist bereits ziemlich betrunken. Er beschließt, einfach weiterzumachen.

Der Plan ist simpel: Sie nehmen die private Verbindungstreppe nach oben, gehen durch Marys Schlafgemach ins Audienzzimmer und lassen die Soldaten zu ihr herein.

»Weiter.« Darnley führt sie zum Wandteppich bei seinem Bett, schiebt den Stoff zur Seite, und eine schmale Tür kommt zum Vorschein, die enge Wendeltreppe dahinter führt hinauf zu seiner Frau. Er tritt zur Seite, um die beiden vorangehen zu lassen.

»Nein«, krächzt Ruthven, »Sie zuerst.«

Das überrascht Darnley.

Er sollte nicht der Erste sein, der durch die Tür in feindliches Terrain vordringt. Überall um sich herum kann er den gedämpften Lärm der Männer hören, die sich durchs Schloss bewegen, und er ist sich nicht sicher, ob Marys Gesellschaft ihn womöglich auch schon gehört hat. Er ist fraglos die wichtigste Person hier. Die Geschehnisse dieses Abends werden ihn zum König machen, und die vornehmste Aufgabe Ruthvens und seines Mannes sollte es sein, ihn zu schützen. Er sollte ganz sicher nicht als Erster gehen.

Er wendet sich Yair zu. »Gehen Sie zuerst«, sagt er.

Yair sieht Ruthven an, aber Ruthven hält ihn zurück. »Nein«, sagt Yair und nickt Darnley zu. »Sie.«

Auch Yair? Selbst Ruthvens Mann ist wichtiger für die Sache als Darnley?

So findet er heraus, dass er ein Bauer ist und kein König. Die Verschwörer benutzen ihn. Wenn das hier vorüber ist, wird er nicht der König sein. Das war nie wirklich ihr Plan, denkt er, oder? Aber Darnley ist betrunken, das Schloss ist voller Soldaten, und wenn er jetzt nicht mitmacht, wird sein Vater sehr wütend werden. Es ist zu spät, um jetzt einen Rückzieher zu machen.

Er hebt ein Bein und stakst voran, nimmt die erste Stufe hinauf ins Schlafgemach seiner Frau.

Die herzliche Atmosphäre im Esszimmer wird jäh zerstört, als jemand den Vorhang zur Seite reißt. Darnley schießt herein, und alle verstummen. Mit völlig untypischer Sorge um die Gäste schließt er leise die Tür hinter sich und lässt den Vorhang zurückfallen. Das macht sie argwöhnisch. Darnley hat sich noch nie um Zugluft geschert. Wo immer er hereinkommt, lässt er die Tür weit offen stehen, um die kann sich kümmern wer will. Aber Ruthven hat ihm gesagt, dass er es so machen soll. Sie muss geschlossen sein, damit Yair ungesehen Marys Schlafgemach durchqueren kann. Yairs Aufgabe ist es, die Soldaten hereinzulassen.

Mary sieht, wie sich Rizzios Brauen leicht heben und Jeans Lippen schmaler werden.

Im plötzlichen brüchigen Schweigen des Speisezimmers trägt Darnley ein merkwürdig leeres Lächeln zur Schau. Er geht zu einem schweren Eichenstuhl und zerrt ihn geräuschvoll zum Tisch neben Mary. Er kann kaum glauben, dass sie die Armee draußen auf der Treppe nicht gehört haben, und immer noch lächelnd und Mary im Blick, hebt er den Stuhl leicht an und lässt ihn krachend wieder fallen. Der Schlag erschüttert den winzigen Raum.

Sein Lächeln erstirbt. Er schiebt das Kinn trotzig vor, setzt sich neben seine Frau und schlingt den Arm so weit um ihre Taille, dass seine Hand vorn auf ihrem geschwollenen Leib landet. Es ist eine Bewegung, die daran erinnert, wie sie gemeinsam die Volta tanzen, als wollte er sie anheben und über seine Wade schwingen, den Kopf hoch erhoben. Mary versteift sich und legt ihre Hand auf seine, um sie festzuhalten. Sie zügelt sich und widersteht dem Drang, sie wegzuschlagen.

Sie atmet. Sie hebt das Kinn und wendet es königlich, um ihren Mann und Gebieter anzusehen.

Einen flüchtigen Moment lang bieten die beiden der Gesellschaft das Bild eines vollkommenen, gut aussehenden Paares, mit milchweißer Haut und schönen Gesichtszügen, beide groß, schlank und aufrecht – bis Darnley der Gesellschaft in die Augen sieht. Und da gibt es nichts als Verachtung und schnell abgewandte Blicke. Sie haben keine Achtung vor ihm. Sie wollen ihn auch nicht als König.

Zu viel ist geschehen. Er redet nicht mehr mit der Königin, benutzt nächtens die private Treppe nicht mehr, isst nicht mehr mit ihr. Und Mary will ihn hier nicht, sie traut ihm nicht, hat nicht genug Vertrauen in ihre Beziehung, um ihn zur Rede zu stellen oder zu bitten, dass er sich ändert. Sie will nur, dass er wieder geht. Alle wollen das.

Aber sie sind verheiratet.

Jemand bietet Darnley höflich Essen an, doch er sagt Nein, er habe schon gegessen. Schweigend sitzen sie da und warten, dass der polternde Eindringling tut, weswegen er gekommen ist – sie mit einem Wutanfall überzieht, beleidigt oder irgendeine neue Forderung stellt.

Er drückt Mary an sich, als wäre er ihr zugetan, wohl wissend, dass keine schwangere Frau es mag, wenn man ihr so zu Leibe rückt, ob nun aus Zuneigung oder nicht. Mary zuckt zusammen, schiebt die Daumen unter seine Hand und versucht sich loszumachen. Sie haucht ein leises »non«, und Darnley tut so, als kränke es ihn, so von ihr zurückgewiesen zu werden.

»*Cherie* …«, sagt er unfreundlich, und plötzlich werden alle im Raum nervös. Darnley hat niemals einen Ausdruck für jemanden, der nicht erniedrigend wäre. Geschieht hier gleich etwas ganz Übles?

Blind für ihre Ängste, denkt Darnley, wie elend sich alle fühlen werden, wenn er König ist. So elend. Dafür wird er sorgen.

Draußen vorm Speisezimmer sinkt Ruthven gegen die Wand des Schlafgemachs. In seinen Knien sirrt es, nachdem er die steilen Stufen erklommen hat. Zwei Monate im Bett, und sein Zustand bessert sich immer noch nicht. Noch nie hat er sich so gefühlt. Diese nicht weichen wollende Schwäche, diese Schmerzen in all seinen Gelenken und der seltsame zeitweilige Nebel in einem Auge. Er weiß, dass er stirbt. Er sieht zum Bett der Königin hinüber und erinnert sich plötzlich an den Plan – an das, was sie hier machen.

Ein Gesicht taucht aus dem Dunkel neben seiner Schulter auf, ein langes, blasses Gesicht, das zu glühen scheint, mit großen Augen und viel Weiß um Pupille und Iris. Im Kerzenlicht ist die unebene, trockene Struktur der Lederhaut zu erkennen. Ruthven beunruhigt es, dass der Mann nicht blinzelt, sondern ihn eindringlich ansieht, mit gebogenen Brauen. Es ist Yair. Sein Mann, und Ruthven erinnert sich aufs Neue, warum sie hier sind.

»Gehen Sie!«, zischt er mit einer Handbewegung zum Durchgang hin. Gehen Sie und lassen Sie sie herein!«

Yair schleicht durchs Zimmer und öffnet die Tür. Der Durchgang ist gerade mal einen guten Meter lang. Die zweite Tür führt in ein wunderschön getäfeltes Audienzzimmer mit hellen Vorhängen und samtgepolstertem Mobiliar, das dazu geschaffen wurde, besuchende Würdenträger zu beeindrucken. Yair war noch nie in diesem Raum, nur wenige kennen ihn, und er sieht sich verstohlen und ehrfürchtig um, während er zu der mächtigen doppelflügeligen Eichentür hinübergeht, die hinaus ins Treppenhaus führt. Er kommt an einem Bücherschrank vorbei, einer mit einer geschnitzten Jagdszene geschmückten Truhe und den rot glühenden Resten eines wärmenden Feuers in einem Kamin, der groß genug wäre, um ein Schwein darin zu braten. Aus der fernen Ecke sieht eine Statue Unserer Lieben Frau der Gnaden herüber.

Yair hält inne.

Er betrachtet sie.

Die Statue ist lebensgroß, ihre Gewänder sind mit Gold und Silber bedeckt und funkeln im Licht des verlöschenden Feuers. Die Madonna ist so schön, dass Yair die Kehle schmerzt und seine trockenen Augen überzulaufen drohen. Einen atemberaubenden Moment lang erinnert er sich voller Liebe und Scham an seine innige Marienverehrung, wie tief und vollkommen seine Liebe für die Muttergottes einst war.

Ihre Hände sind beschwörend gehoben. Ihr Kopf ist geneigt, die Augen sind schläfrig verschleiert. Sie kommt auf Yair zu, tritt aus der Dunkelheit, ein nackter Fuß, bleich schimmerndes Fleisch mit Zehen, bereit, ihr Gewicht zu tragen. Aber nein, sie kommt nicht näher, sondern zertritt eine Schlange, die sich durch ein blau glasiertes Meer windet. Ihre Lippen sind von einem sanften Rosa, ihre Wangen pfirsichfarben. Er will vor ihr niederknien, sich an sie klammern, sein sündiges Gesicht im Boden verstecken.

Das ist es, was Götzenbilder Menschen antun.

Das ist die Gefahr, die das Werk der Schlange ist: der falsche Weg, die falsche Sicht, das Missverstehen von Gottes Wort.

Yair eilt zur Tür. Er kann sie draußen mit den Füßen scharren hören, hört ihr Flüstern, das gedämpfte Klirren der Schwerter, die Männer, die diese sündige Verirrung für immer beenden werden. Er spuckt auf das Eisen des schweren Riegels, um das Geräusch von Metall auf Metall zu dämpfen, bevor er ihn aufzieht und die Flügel der Tür nach außen aufdrückt. Achtzig schwer bewaffnete Männer drängen ihm entgegen und drücken ihn zurück in den Raum.

Ruthven im Schlafgemach hört den Tumult und das Getrampel auf dem Boden des Audienzzimmers und weiß, jetzt ist er sicher, endlich ist es so weit.

Es ist Ruthvens Zeichen zum Einsatz.

Eine Halt suchende Hand ausstreckend für

den Fall, dass seine geschwächten Beine ihm
den Dienst versagen, scheppert Ruthven hinüber zur Esszimmertür, zerrt sie auf, schiebt
den Vorhang zur Seite und steht da, in der Tür-
öffnung.

IN EINEM RAUM VOLLER
SCHARFER KLINGEN

Jedes Gesicht im Raum wendet sich Ruthven zu. Es gibt Geschnaufe und Gekichere. Ein Page flüstert.

Was hat er denn da an?

Ruthven trägt ein Nachthemd, das er sich unordentlich in eine bizarr zusammengestoppelte Rüstung gestopft hat. Ein Schienbeinschutz fehlt, und eine Lederschnalle seitlich am Brustpanzer ist gerissen. Auf seinem Kopf sitzt eine Art stählerner Helm, der eindeutig dazu dienen soll, dass ihm niemand in den Kopf sticht. In einer höfischen Welt, in der schon die Platzierung eines Tuchs eine symbolische Bedeutung trägt, gleicht Ruthvens Ausstattung dem von einer panischen Ziege herausgeschrienen hohen C.

Alle denken, Ruthven hat den Verstand verloren.

Einen herzerwärmenden Moment lang ist der Raum voller Sorge. Vielleicht deliriert er, halluziniert, ist herumgeirrt und irgendwie hier oben gelandet? Er lebt ja nicht mal im Schloss, sondern in einem Haus in der Nähe. Sie alle wissen, er ist schwer krank, sie denken, er ringt mit dem Tod, und er tut ihnen leid.

Aber Ruthven weiß, wer er ist und was er will. Sein Bauch schmerzt, und er ist entkräftet, aber er hat ein schmerzlinderndes Mittel getrunken und all seine Kräfte gesammelt. Er weiß, das jetzt könnte das Letzte sein, was er je tun wird, und es ist ihm egal, ob sie lachen. Er steht sowieso schon mit einem Fuß im Jenseits.

Sein Blick findet Königin Mary, die im Zentrum der Gesellschaft sitzt. Lord Darnley hat den Arm besitzergreifend um die Taille der Königin gelegt und grinst Ruthven an wie ein schieläugiger Idiot. Und dort drüben, am anderen Ende der Tafel, sitzt David Rizzio, an ihrem *Kopf*, als wäre er hier der Hausherr, als wäre er mit ihr verheiratet, und, was beinahe noch schlimmer ist, er trägt einen *Hut* – in Gegenwart der Königin. Ein entblößter Kopf ist das Minimum an Ehrerbietung, das ein Bediensteter seiner Monarchin zu erweisen hat, aber seht euch seinen schicken schwarzen Samthut an.

Ruthven kann es nicht fassen, tatsächlich einer solchen Unverschämtheit ansichtig zu werden. Niemals hätte er das gedacht, es ist alles so viel schlimmer, als er angenommen hat. Er erinnert sich an seinen stählernen Helm, spricht sich aber frei. Das ist etwas anderes. Er braucht ihn, damit ihm niemand in den Kopf sticht.

»Oh, mein bester Lord Ruthven!«, gurrt Mary. »Was tragen Sie denn da?«

Ruthven starrt immer noch Rizzio an, während alle sehen und hören, wie bewaffnete Männer stampfend und schreiend in den Raum nebenan dringen.

Wärme und Neugier verpuffen, Angst macht sich breit. Mary will aufstehen, doch Darnley hält sie auf ihrem Platz fest.

Ruthven hebt eine Hand und befiehlt der Königin lautstark, David Rizzio auszuliefern.

In dem Moment begreifen alle im Raum, dass Ruthven genau weiß, was er tut: Sie werden Rizzio töten. Rizzio begreift es ebenfalls. Er sitzt in der Falle, sie wollen ihn ermorden. Der Schock bringt ihn auf die Beine, und er wirft seinen Stuhl um, als er von der Tür zurückweicht und sich in die Fensternische hinter sich drückt.

Mary löst sich aus Darnleys Griff und schafft es aufzustehen, aber Darnley erhebt sich mit ihr und hat den Arm immer noch um sie gelegt, was merkwürdig aussieht. Ihre Finger fahren hinter seine, und sie sagt:»Lord Ruthven! David ist mein Gast. Ich habe ihn eingeladen. Mit welchem Recht erdreisten Sie sich, mir Befehle zu erteilen?«

»Der Mann beleidigt Sie durch seine bloße Anwesenheit hier«, schreit Ruthven viel zu laut. Adrenalin pumpt durch seine Adern, Arzneien benebeln ihn, und in seiner Vorstellung spricht er zu seiner Armee und nicht zu dieser lauschigen kleinen Abendgesellschaft in diesem lauschigen kleinen Raum.

»Er beleidigt mich? Ich habe ihn eingeladen.« Ihre Daumen graben sich in Darnleys

Hand, sie versucht sie von ihrem geschwollenen Leib zu bekommen, aber noch bevor Ruthven antworten kann, dreht sich Darnley, sieht ihr in die Augen, und sie begreift.

Darnley ist Teil von diesem ... was immer es ist. Er hält ihren schwangeren Leib und drückt fest zu, er will ihr etwas antun.

»Es ist unerträglich, mit ansehen zu müssen, wie meine Souveränin von einem niederen Ausländer mit Geringschätzung behandelt wird. Mehr, als ich aushalte! Ich verlange, dass er sich mir sofort, auf der Stelle, ergibt!« Ruthvens Stimme schallt durch den Raum, knallt gegen den Stuck der Decke, die Holzvertäfelung, die Wandbehänge.

Mary sieht Darnley an, ihre Lippen öffnen sich entsetzt. Aber da steht nicht Lord Darnley, der Gemahl der Königin, da steht ihr Geliebter, Henry, der Mann, mit dem sie einst vier Tage im Bett verbracht hat, einander erkundend, lachend, verspeisend. Da steht der Mann, der abends, wenn er müde ist, nach Senfkörnern riecht. Der Mann, den sie einst im Traum ganz verschlungen hat, den Kopf zuerst, so stark war ihr Verlangen, ihn zu besitzen.

Diesem Henry flüstert sie zu: »Hast du ihn hergeholt?«

Und Darnley, ertappt, erklärt der Königin: »Ich habe keine Ahnung, wie er hereingekommen ist. Ich weiß nicht, was hier vorgeht oder wer sonst noch mit dabei ist.«

Und dann spürt sie, wie sich seine Finger bösartig in die Seite ihres Uterus pressen. Aber das Baby hat sich weggedreht und liegt an die linke Seite geschmiegt. Sein winziger kleiner Po drückt gegen ihren linken Unterarm. Darnleys Finger stoßen ins Leere.

Sie ist sich ihres Babys sicher, findet sich völlig im Einklang mit ihm und erkennt, dass ihr Mann nicht weiß, mit wem er es zu tun hat. Er hat keine Ahnung, wie weit er mit seinem Gift sein Ziel verfehlt. Sie erwidert seinen Blick und sein böses Lächeln, und ihre Entschlossenheit erschreckt ihn so sehr, dass er sie loslässt und zur Seite weicht.

Mary wendet sich Ruthven zu. »Lord Ruthven, als Ihre Königin befehle ich Ihnen, diesen Raum sofort zu verlassen. Nehmen Sie Ihre Männer mit, oder ich klage Sie wegen Hochverrats an.«

Ruthvens Blick wandert zum Essen auf dem Tisch, zum Fleisch, dem Milchpudding und den Haferkeksen. Wie in Gedanken kratzt er sich mit dem Daumennagel über den Hals. Alle warten, während er sich erinnert, dass er heute nichts gegessen hat. Und gestern? Er sieht die Königin an. Sie wartet auf seine Antwort.

Ruthven kann alles nur noch schlimmer machen. Er wird nicht gehen, macht sich aber auch keine Sorgen, wegen Hochverrats angeklagt zu werden: Alle stecken mit drin. Er hat einen von allen Mitverschwörern unterschriebenen Vertrag in der Tasche. Wenn Mary ihn verklagt, muss sie vier Fünftel des gesamten schottischen Adels verklagen, einschließlich ihres eigenen Mannes.

Ruthven hat tatsächlich zwei Dokumente dabei, das letzte wurde erst vor einer Woche unter Dach und Fach gebracht. Beide sind offizielle Verträge, mit Paragrafen und Absätzen, Vertragspartnern und festgelegten Strafen bei Nichtbeachtung, beide sind mit Datum und Unterschrift von allen an diesem Staatsstreich beteiligten Personen versehen. Es sind alles Männer, alle kennen Mary persönlich und haben im Laufe der Monate, die in diesen Tag münden, Zeit in ihrer Gesellschaft verbracht. Aber Mary hat noch keine Ahnung vom Ausmaß der Verlogenheit.

»Ruthven, gehen Sie jetzt«, befiehlt Mary wieder, »dann klage ich Sie nicht an. Aber wenn Sie bleiben …«

Ruthven sieht seiner Königin in die Augen. Keiner rührt sich, alle warten ab, was passiert. Was immer da draußen vorgeht, Ruthven kann es nicht aufhalten. Er kann die Männer nicht wieder wegschicken. Er kann die Wunde nicht wieder schließen, indem er zurückweicht.

Er klirrt einen trotzigen Schritt in den Raum hinein.

Alle fahren angesichts dieses Frevels zusammen. Die Männer stehen auf und wollen auf ihn los, aber Ruthven zieht eine Pistole, spannt den Hahn – *in Gegenwart der Königin* – und ruft: »Niemand rührt mich an!«

Alle können jetzt die bewaffneten Männer rufen und durchs Audienzzimmer poltern hören, während Ruthven einen Dolch von der linken Hüfte zieht, wild damit vor sich herumfuchtelt und in Rizzios Richtung stürmt.

Mary versucht instinktiv, ihn abzublocken und sich vor Rizzio zu stellen, aber Darnley packt sie wieder, umfasst sie noch gröber als zuvor, bleckt die Zähne zu einem tückischen Grinsen, und ihr wird klar, wie tief er in dieser Sache mit drinsteckt.

Und jetzt kommen sie alle.

Fünf bewaffnete Männer drängen aus dem Audienzzimmer herüber und rufen: »*A Douglas! A Douglas!*« Ein Schlachtruf aus den Unabhängigkeitskriegen – der Versuch, ihrer Attacke auf eine schwangere Frau in ihren Gemächern einen ehrenhaften Anstrich zu verleihen, indem sie sich vorstellen, sie sind in Bannockburn. Sie stürmen durch die engen Gemächer, rempeln an Ruthven vorbei, wollen Rizzio packen und stolpern mit gezückten Dolchen und Schwertern übereinander.

Rizzio drückt sich in Todesangst gegen die Wand und zieht den eigenen Dolch, aber seine Hände sind feucht, und er lässt ihn fallen. Als er auf dem Boden danach tastet, fassen ihn die Männer, schieben und stoßen ihn, sodass er mit dem Kopf voran durch den Raum taumelt, »*Sauvez-moi, Madame!*«, ruft und sich hinter die Königin rettet.

Die Essensgäste flüchten in alle Richtungen. Der Tisch fällt um. Silberplatten und Becher klirren auf den Boden, Wein und Soße, Hirschfleisch und Pudding, es spritzt und platscht. Sämtliche Kerzen fallen mit.

Plötzliche Dunkelheit.

Blank gezogene Schwerter allerorten.

Im dunklen Raum voller scharfer Klingen spendet allein die rote Glut aus dem Kamin etwas Licht, beleuchtet die Gesichter von unten und wirft übergroße Schatten auf Decke und Wände.

Alle erstarren.

Rizzio klammert sich an die Röcke seiner Königin und drückt das Gesicht in die Stickerei. Sie werden ihn töten.

Mary schützt ihn, steht aufrecht da, die Hände ausgebreitet wie Unsere Liebe Frau der Gnaden. So schafft sie einen Zufluchtsort hinter sich. Sie geht davon aus, dass sie es nicht wagen werden, an ihr vorbeizudrängen, muss aber jäh erkennen, dass sie sich getäuscht hat.

Darnley ist auf ihrer Seite. Sie fühlen sich sicher. Kein Konstrukt von Autorität oder Ehre wird diesen Abend überleben.

Darnley greift mit beiden Händen nach Mary, und Ruthven ruft ihm zu, seine königliche Frau zu schützen: *Lassen Sie kein Unheil über sie kommen! Sorgen Sie für ihr Wohlergehen!*« Darnleys Hände zielen direkt auf ihren Bauch. Er drückt fest zu und hofft, den Thronräuber darin zu schädigen.

»*Genau so, Mylord! Kein Unheil!*«, ruft Ruthven völlig kontrafaktisch, weil er sich plötzlich der Ungesetzlichkeit dessen, was sie da tun, höchst bewusst wird. Diese Rufe sind seine Verteidigung. *Ich habe die Lady zu schützen versucht*, wird er sagen. *Sie alle haben mich gehört.*

Die schnell denkende Jean hebt eine noch flackernde Kerze vom Boden auf und hält sie sich hoch über den Kopf.

Im flackernden Halblicht können alle Rizzio hinter Mary kauern sehen, wie er sich an ihrem Rock festhält. Darnley grinst wie ein idiotisches Kind, beide Arme fest um den Leib seiner Frau geschlungen. Er versucht sie wegzuzerren, aber Mary weicht nicht von der Stelle. Sie zieht an seinen Händen, verwirrt, in Tränen, doch er hält sie nur umso fester. Alle sehen zu ihnen hin und fragen sich, welcher Mann seiner schwangeren Frau das antun würde. Stille. Einen Moment lang. Dann ein Pandämonium.

Ruthven kreischt in Darnleys Richtung, die Königin zur Seite zu schaffen, als sich Yair und fünf andere auf Rizzio stürzen wollen. Mary steht gezückten Dolchen und Schwertern gegenüber. Sie verlangen, dass sie ihnen Rizzio gibt. Aber Mary rührt sich nicht.

Ruthven ruft:»Ihm wird nichts geschehen! Lassen Sie ihn gehen, Madame!«

Immer noch weicht sie nicht, verängstigt, aber entschieden, die Arme weit ausgebreitet, macht sie sich größer, um Rizzio Schutz zu bieten.

Und dann fuchtelt ein Mann namens Kerr, der Schwiegersohn von John Knox, mit einer gespannten Pistole herum, stößt die Leute zur Seite und tritt vor sie hin. Er drückt sich gegen sie, sein Gesicht ist nur Zentimeter von ihrem entfernt, und sein heißer Atem trifft auf ihre Wange. Er fährt ihr mit der Hand über den

Körper hinunter zu Rizzios sich an sie klammernden Fingern, streicht über Marys Rücken, den Arm, die Hüften.

Von Entsetzen gepackt wird ihr klar, dass sie nicht länger Kerrs Königin ist. Er denkt, sie ist machtlos, und es wird keine Folgen haben, dass er sie so berührt.

Er knurrt sie an, während er Rizzios Finger von ihrem Rock zu lösen versucht, biegt sie zurück, um sie zu brechen. Mary mag ja nicht mehr Kerrs Königin sein, aber sie ist immer noch Mary Stuart. Trotzig steht sie da, und Kerr kann die beiden nicht voneinander trennen, bis seine Pistole über ihren Bauch fährt und sie zusammenfahren lässt. Ein anderer Mann zieht Darnleys Dolch aus dessen Gürtel und langt über Marys Schulter, um auf die hinter ihr kauernde Gestalt Rizzios einzustechen.

Die kalte Klinge des Dolchs ihres Mannes, von einem anderen gehalten, streift über ihre Wange. Ein Durcheinander hereindrängender Männer türmt sich vor ihr. Sie spürt, wie ihr Mann versucht, das Kind aus ihr herauszuquetschen, und Kerrs übel riechender Atem füllt ihr Gesicht. Mary kennt jeden einzelnen dieser Männer, kennt ihre Geschichten und Familienverbindungen. Sie werden alle vom Parlament enteignet werden, und sie kann sie für das, was sie hier tun, hinrichten lassen.

Das Metall, das über ihren Hals reibt, der Druck auf ihren schwangeren Leib, die Bratenbrocken überall auf dem Boden, all das löst Gefühle aus, die sie niemals vergessen wird. Sie wird diese Geschichte noch viele Male erzählen, die Vorgänge wiedergeben, aber niemand sonst wird sich an diese Einzelheiten erinnern. Niemand will es glauben oder hören. Sie werden sagen, sie erfindet das alles, um Mitleid zu erwecken, wie es Opfern von mächtigen Männern seit ewigen Zeiten vorgeworfen wird.

Dennoch weicht Mary nicht, auch wenn Darnley immer brutaler zupackt. David kauert hinter ihr und hält sich an ihren Röcken fest, während sie sich leicht zurücklehnt und in die Knie geht, um sich nicht wegziehen zu lassen. Dann verliert Patrick Lindsay, ein fanatischer Anhänger von John Knox, die Geduld. Er nimmt einen Stuhl, schwingt ihn wild in ihre Richtung und verfehlt ihren Bauch nur um ein

Haar. Mary zuckt zusammen, und das genügt: Darnley hebt sie in die Höhe.

Sie schnappt nach Luft, weiß nicht mehr, wo oben und unten ist, hebt den Blick und sieht, dass es geschehen ist. Kerr hält Rizzio bei den Haaren und zerrt ihn wie einen in Ungnade gefallenen Hund aus dem Raum.

Das Letzte, was Mary von ihm sieht, ist eine Faustvoll Samt, die eine Hand auf Rizzios Rücken packt, eine andere hält seine Hüfte. Und während sie ihn hinaustragen, ruft er in einem panischen Gemisch aus Französisch und Italienisch: *»Sauvez-moi, Madame! Sauvez ma vie! Giustizia! Giustizia!«*

Dann sind sie mit ihrer schreienden Trophäe aus dem Raum, und die angsterfüllten Proteste werden leiser.

Ruthven sinkt gegen die Wand bei der Tür, Todesschweiß auf der Stirn. Er murmelt den Männern zu, dass sie Rizzio die private Treppe hinunter in die Gemächer des Königs bringen und dort auf ihn warten sollen. Er wird entscheiden, was mit ihm geschehen soll. Er ruft Mary zu: »Seien Sie nicht beunruhigt. Wir werden ihm kein Leid antun. Wir holen ihn nur aus

Ihren Gemächern. Und wir werden auch *Ihnen* nichts antun, Madame!«

»*Madame!*«, hört sie Rizzio kreischen. »*Madame! Sauvez-moi!*« Er wird durch ihr Schlafgemach zum Audienzzimmer geschleppt. »Madame! Ich bin ein toter Mann ...« Das ist das Letzte, was sie von ihm vernimmt.

»Er wird hinunter in die Räume Ihres lieben Mannes gebracht, Madame.«

»Sie haben den anderen Weg genommen«, sagt Mary.

Ruthven versteht nicht. Er schüttelt den Kopf und blinzelt.

»Sie sind nicht nach unten gegangen, Lord Ruthven, sie sind nach rechts abgebogen, ins Audienzzimmer.«

»Aber ich habe ihnen gesagt ...«

Nun wird Ruthven klar, dass er bei diesem Coup auch nicht das Sagen hat.

UNSERE KÖNIGIN IST FLEISCH,
AUF DEM HERUMGETRAMPELT WIRD

Henry Yair steht im Esszimmer, als sie David Rizzio zur Tür zerren. Er sieht das auf dem Boden verstreute Fleisch, über das alle hinwegtrampeln, sieht die schockierte Königin beim Fenster. Ihr Blick ist auf die leere Tür gerichtet, eine Hand hat sie in den Nacken gelegt. Darnley drückt immer noch so fest auf ihren Leib, wie er kann. Er ist betrunken und lächelt nicht mehr. Da liegt etwas in seinem Ausdruck, das Yair nicht ganz entschlüsseln kann, und er sorgt sich um die Frau. Er denkt, dass sie die Nacht womöglich nicht überleben wird.

Mitgefühl erfüllt ihn. Eine stolze junge Frau, sichtlich schwanger, wird von einer gemeinsam vorgehenden Gruppe Männer attackiert. *Wir sind Feiglinge*, denkt er, *was wir tun, ist falsch. Die Männer genießen es. Unsere Königin ist Fleisch, auf dem herumgetrampelt wird.*

Aber dann erinnert er sich, dass sie katholisch ist und dass sie die Seele Schottlands retten müssen. Es ist richtig und gottesfürchtig, dies zu tun. Sie lässt ihnen keine Wahl. Sein Mitgefühl sickert aus ihm heraus in den Boden. Sein Zweifel an dem, was sie hier tun, ist ein Eissplitter in seinem Herzen, der schnell wegschmilzt. Doch der Schaden ist angerichtet.

Sie ist eine halsstarrige Katholikin. Er mustert sie von Kopf bis Fuß und sucht nach Dingen, die er hassen kann. Aber sie ist anmutig und das Kind durch das Mieder unter ihrem Kleid zu erkennen. Eine perfekte Rundung ihrer schlanken Gestalt. Sie ist erst vierundzwanzig, voller Angst, und ihr Blick geht hin und her, von der Tür zum Essen auf dem Boden, zu ihrem betrunkenen Ehemann und zurück.

Yair hat keine Kinder. Er hat sich immer danach gesehnt, Vater zu werden, und als Priester gebetet, von seinem Kinderwunsch befreit zu werden, um nützlicher sein zu können. Und jetzt steht da Darnley und versucht, seiner

Frau das eigene eheliche Kind aus dem Leib zu drücken. Aber es ist nicht von Belang, was Yair denkt, er kann sowieso nichts daran ändern. Von Traurigkeit erschöpft, wendet er der verängstigten Königin seinen Landmann-Rücken zu und bewegt sich in Richtung des lauten Johlens. Er durchquert das Schlafgemach und betritt das Audienzzimmer.

Dort findet er achtzig Mann, die sich um Rizzio drängen. Sie boxen und schlagen, stoßen und treten ihn quer durch den Raum. Die Männer grinsen. In der Zugluft von der Treppe flackern die Kerzen und erwecken das Gesicht Unserer Lieben Frau der Gnaden zum Leben. Sie ist schockiert, sie ist gelangweilt, sie hat Angst, sie lacht.

Alle im Raum haben ihre Messer gezückt. Die Klingen blitzen und spucken mit Licht um sich.

Rizzio ist am Boden. Sie haben ihn in eine Fensternische bei der Treppe getrieben und drängen sich um ihn. Er sieht die Blitze auf dem Boden, an der Decke, den Wänden. Er hat noch acht Sekunden zu leben.

Die Männer haben alle ihr Messer in der

Hand und werden alle auf ihn einstechen. Das ist die Abmachung. Cäsar erhielt Messerstiche von allen großen Männern Roms. Nur eine der Wunden war tödlich, die meisten blieben flache Schnitte, zögerliche kleine Gesten des Dabeiseins. Der kollektive Charakter der Tat bedeutete jedoch, dass alle Mittäter waren und niemand allein angeklagt werden konnte. Ihre Schicksale waren miteinander verknüpft. Wäre einer für die Tat bestraft worden, wäre die gesamte Klasse gestürzt.

Diese Männer sind Feiglinge.

Rizzio ist allein hierhergekommen, und er wird allein sterben.

Eine Klinge dringt in seine Schulter, in seine Lunge, seine Hand.

Diese Männer sind Feiglinge.

David Rizzio ist vom nördlichen Ufer des Mittelmeers hergewandert. Er hat die Welt gesehen und ist ganz er selbst. Er ist seinem Glauben treu geblieben.

Diese Männer sind dreckige kleine Feiglinge.

Ein Stiefel trifft sein Gesicht, bricht ihm die Nase. Ein Messer fährt ihm in den Rücken, in
den Hals.

Rizzio betet zu seinem Gott, um ihm seinen Glauben zu erklären, doch dann trifft ihn ein gemeiner Dolch in die Seite, der Schmerz überwältigt ihn, ein plötzlicher grellweißer Blitz blendet ihn, sein Körper wird von mächtigen Empfindungen geflutet.

Geblendet und allein wird Rizzio in den Hals gestochen, den Arm, den Bauch, die Beine. Blut fließt aus seinen Wunden, und er ist nicht mehr.

Aber sie stechen weiter auf ihn ein. Es dauert lange, bis auch der Letzte an die Reihe kommt. Die Männer stellen sich an, rücken vor, bücken sich zu ihrem Opfer hinunter und ziehen sich nach vollbrachter Tat zurück.

Die großen Männer Schottlands. Sie stechen zu, und wenn sie ihre Pflicht erfüllt haben, weichen sie zurück und sehen sich um. Manche lächeln dabei reflexartig, als machten sie an einem Urinal Platz.

Nach der anfänglichen Raserei breitet sich ein gespenstisches Schweigen aus.

Henry Yair sieht das alles. Ein Mann zieht sein Messer aus dem Körper und wirkt panisch, doch dann, als er zur Seite tritt, kichert er. Er kann nicht glauben, dass ihm erlaubt ist, das zu tun, und er nichts zu befürchten hat. Yair sieht, wie sie außer sich geraten, wie sie es genießen, etwas Fürchterliches zu tun, ohne mit Konsequenzen rechnen zu müssen. Er weiß, dass zumindest einige von ihnen an die Märtyrer der Reformation denken und hoffen, wie sie zu sein. Aber das waren beherzte, heldenhafte, verwegene Männer. Das hier ist etwas ganz anderes. Das hier ist erbärmlich.

Yair sucht nach Rizzio und sieht ihn zwischen den Beinen der Männer. Die Schatten im Raum sind fließend. Er sieht, wie er denkt, Rizzios Hinterkopf, doch dann bewegt sich jemand, das Licht ändert sich, und ihm wird klar, dass er direkt in Rizzios blutüberströmtes Gesicht blickt.

Schrecklich geschwollene Augen, die wie Münder aussehen, schlaffe, blutige Lippen. Yair sieht die Spitze eines Quarterstaffs durch Rizzios Wange fahren, durch seinen Kiefer und im Holzboden darunter stecken bleiben. Jemand zerrt an der hölzernen Stange und versucht, sie wieder herauszubekommen. Rizzios Kopf hebt sich, aber die Spitze sitzt fest. Der

Kopf fällt zurück. Sie versuchen es wieder, traktieren den Körper mit den Füßen und rucken die Stange hin und her. Ein Fuß tritt auf Rizzios Kopf, drückt die Lippen zu einem grotesken Schmollmund zusammen, und endlich löst sich die Spitze aus dem Boden und ruckt aus dem Gesicht. Füße scharren, Schatten verschieben sich, und Yair kann Rizzio nicht länger sehen.

Yair war einmal Priester. Er hat viel aufgegeben, um zum neuen Glauben zu konvertieren, aber dies jetzt zu sehen, nimmt ihm jede Gewissheit und jeden Trost. Er kann sich an nichts Gutes, nichts Reines und Erlösendes mehr erinnern. Eine schwere schwarze Melancholie legt sich über ihn. Er beugt den Kopf und blickt zu Boden.

Er hört Schritte und Grunzen, Metall, das in und aus Scheiden fährt. Drüben im Esszimmer hört er Frauen schluchzen, das schrille Trillern der Stimme Ruthvens. Er ist zu betrübt, um die Worte zu verstehen.

Yair sollte sich nicht so fühlen. Er dachte, die Schwärze in ihm sei eine Folge seines irrgeleiteten Glaubens und dass Gott ihn auffordere, umzukehren. Er sollte gerettet sein. Er sollte sich jetzt nicht so fühlen. Vielleicht hasst ihn Gott. Diese Männer sind nicht die Auserwählten. Yair befindet sich nicht unter den Auserwählten. Diese Männer werden keine Erlösung finden. Diese Männer sind Tiere. Er befindet sich unter Tieren.

Aber er will an das glauben, was sie tun – dass sie es aus einem Grund tun: um den Calvinismus vor fremdländischen Spionen und engherzigen Verrätern zu schützen, die Gottes Wahrheit unterdrücken wollen. Die Königin trägt die Schuld.

Yair denkt an all die Facetten ihrer Schuld, doch es bringt ihm keinen Trost, und so stößt er sich von der Wand ab und steht aufrecht da. Er geht an den messerstechenden Tieren vorbei zur großen Treppe und fällt schwer von Stufe zu Stufe, fällt und fällt, wieder und wieder, tiefer und tiefer. Die Kälte des Steins hat eine säubernde Kraft, die ihn durchdringt, bis er das Gefühl hat, er könnte ebenfalls tot sein.

Das Speisezimmer hat sich geleert. Kaum, dass die Soldaten weg waren, sind alle zur nächsterreichbaren Treppe geeilt und haben Mary, Darnley, Ruthven und Jean allein zurückgelassen.

Mary hält die Arme um ihren Leib gelegt, um ihn zu schützen. »*Du* hast das getan!«, schreit sie Darnley an und zeigt auf Ruthven. »*Du* hast den da hergebracht, um mir Angst zu machen, deiner Frau, deiner Königin, die *schwanger* ist.«

Darnley begreift, wie es wirkt, all das Unrecht, all die Schuld, und kontert mit einem: »Was nichts daran ändert, dass du mit dem italienischen Wichser gevögelt hast. Gib's zu, das hast du.«

»Henry«, fährt sie ihn an. »Du weißt, das ist eine Lüge.«

Er weiß es, sagt aber: »Nein, tu ich nicht.«

Mary beugt sich zu ihm herüber und flüstert, sodass Jean es nicht hören kann: »*Wer* war mit dem Italiener *intim*? *Wer?*« Und dann neigt sie ihm ihr Ohr zu und tut so, als warte sie auf eine Antwort. Darnley kann ihr nicht in die Augen sehen.

»Aber ich habe ihn *geliebt*«, sagt sie, und Tränen rinnen ihr über die Wangen. Sie weiß, was Darnleys Schweigen bedeutet. »Ich habe ihn dafür geliebt, wie er war, für seine Anmut, seine Güte und seine Herzlichkeit. Diese Dinge habe ich in ihm gesehen, weil ich weder *dumm* noch *blind* bin. Ich traue dem, was ich mit *meinen eigenen Augen* vor mir sehe, selbst wenn mein *Vater* etwas anderes sagen würde. Ich habe David geliebt. *Ich* war nicht diejenige, die mit ihm gevögelt hat.«

Jean hält immer noch die Kerze in die Höhe. Sie tut so, als bekäme sie von der Unterhaltung nichts mit, stößt mit den Füßen gegen das zerbrochene Mobiliar und betrachtet das zertretene Essen.

Unvermittelt greift Ruthven nach einem Stuhl und setzt sich.

Das ist ein Verstoß gegen die Etikette, und zwar ein ziemlich grober.

Er hebt eine Hand. »Bring mir Wein!«, ruft er einem Diener zu, der nicht da ist. Seine Hand fällt herunter, und er sinkt in sich zusammen.

Mary nimmt es als mögliches Zeichen, dass

sie entthront wurde, tatsächlich aber droht
Ruthven zusammenzubrechen und ist dem nur
zuvorgekommen, indem er den Stuhl genommen hat. Es geht ihm sehr schlecht.

»Ruthven, stehen Sie auf«, befiehlt Darnley.
Ruthven sieht sie an. Die unteren Augenlider
haben sich von den Augäpfeln gelöst. Schweiß
tropft ihm vom Kinn. »Ich kann nicht.«

Jean schenkt ihm einen Schluck Wein ein
und hält den Becher vor ihn hin. Während
Mary Darnley anblitzt, dankt Ruthven Jean
mit einem Blick.

Mary hält sich den Leib und ruft: »Streite
nicht ab, was du getan hast. Es macht es nur
schlimmer, wenn der Plan bekannt wird. Du
hast die Männer hergeholt!«

»Madame, wenn Sie erlauben?« Alle sind
überrascht, neuerlich Ruthvens Stimme zu
hören. »Als der Ehemann einer Frau von einiger Charakterstärke ...« Ruthvens Frau ist ein
Einfaltspinsel. Alle wissen das. Sie ist nett,
aber dumm, sonst hätte sie ihn nicht geheiratet. »Meine eigene Frau meint manchmal, anderer Meinung sein zu wollen als mein eigenes
gutes Ich.«

»Oh, nein …«, murmelt Jean mit matter Stimme.

Ruthven faselt weiter. »Eine Frau muss auf ihren Ehemann hören und ihm Gehorsam leisten. Gehört es nicht zu den Ehegelöbnissen, ihn zu lieben, zu ehren und ihm zu gehorchen? Und wenn ja, ist es dann etwa kein Verstoß gegen den Ehevertrag, ihm nicht zu gehorchen? Ist der Gehorsam nicht ein zentraler Bestandteil des Vertrags, und sind die Ehegelöbnisse nicht heilig? Es ist Gottes Wille, so sagt Er, dass eine Ehe, wenn die Frau ihrem Mann trotzt, in seinen Augen keine Ehe mehr ist. Hat Gott das nicht gesagt?«

Mary hört ihm wegen der Schlussfolgerung zu. Die Andeutung, dass sie nicht verheiratet seien, ist eine direkte Drohung. Ihr Baby muss in eine gültige Ehe hineingeboren und von Darnley als seines anerkannt werden. Sonst besteht das Risiko, dass ihm der Thron versagt wird. Ohne dieses Siegel wird das Baby, selbst wenn es auf den Thron gelangen sollte, zweifellos davon heruntergestoßen werden, was immer mit Morden endet.

Aber was Ruthven sagt, ist rechtlich Unsinn.

Mary sieht Darnley an, damit er ihm widerspricht und sagt, sie ist seine Frau und das Baby sein Kind und dass Ruthven still sein soll. Darnley tut es nicht.

Darnley ist Lennox' Sohn. Er hat versucht, sie so zu packen und hochzuheben, dass sie ihr Kind verliert. Er wird ihren Leib als Geisel nehmen und ihr die Anerkennung der Vaterschaft verweigern, um an die Krone zu gelangen. Er ist ein Lennox. Sie erinnert sich an all die Nächte, in denen sie leise miteinander geflüstert haben. »Rette mich vor ihnen, Mary«, hat er da gesagt. »Rette mich vor meiner Familie, diesem Schlangennest, diesem Joch des Betrugs, rette mich, liebste Mary.«

Aber er ist ein Lennox. Er ist der Sohn seines Vaters, und das erkennt sie jetzt. Nichts ist unter seiner Würde.

HENRY YAIR TRIFFT SEINEN GALGEN-ZWILLING

»Oi!«

Yair will durch das vordere Tor, aber jemand packt seinen Ärmel.

»Was denken Sie, wohin Sie gehen?«

Yair hebt den Blick. Es sind fünf von der neuen Wache, ihre eigenen Männer, was er daran erkennt, dass sie nicht zueinander passende, selbst gemachte Röcke und primitive Waffen tragen.

Er weist in Richtung des Hügels. »In die Stadt.«

»Haben Sie die Erlaubnis dazu?« Die Männer sehen sich um und fangen den Blick ihres diensthabenden Offiziers auf. Er ist größer als sie und seine Nase so flach, dass die Wurzel in seinen Schädel hineinzuschneiden scheint. Es ist Sheriff Thomas Scott, Ruthvens Mann aus Perth.

»Sie kennen mich«, sagt Yair zu ihm und stellt überrascht fest, dass seine Stimme leise, aber fest ist. »Ich gehöre auch zu Ruthven.«

»Oh, ja.« Scott will ihn weiterwinken, hält dann aber inne und sieht an ihm vorbei zur Stadt hinüber.

Lichter tauchen auf, erst eines, dann noch eines, dann fünf bis vielleicht zwanzig – und sie halten direkt auf das Tor des Schlosses zu. Die Männer der Stadt Edinburgh, vierhundert Bürger, gehen in Formation und tragen Fackeln, die einen Fluss aus Feuer bilden.

Es sind die einfachen Männer der Stadt, die geschworen haben, den Frieden zu bewahren, und von den Nachtwächtern aus dem Bett geholt wurden. Im Schloss scheinen merkwürdige Dinge vorzugehen: Lichter und Schatten zucken hinter den Fenstern, am Tor sind bewaffnete Männer zu sehen. Leute aus der Stadt haben es beobachtet und Alarm geschlagen. Der Lord Provost Simon Preston geht den Nachtwächtern voran. Er hat die Männer zu-

sammengetrommelt, hat ihnen gesagt, sie sollen sich bewaffnen, führt sie jetzt an und marschiert in Richtung des Ungemachs. Sie alle verfolgen ein gemeinsames Ziel, sind mit Lanzen und Fackeln bewaffnet, angetrieben von tiefer Loyalität gegenüber der Königin, der Regierung und der zivilen Ordnung.

Der Fluss aus Feuer sammelt sich vor dem Eingang zum Schloss. Die Wachen treten von ihren Posten vor. Sie können sehen, dass mit diesen Leuten nicht zu spaßen ist.

Simon Preston hebt eine Hand, und die Männer hinter ihm bleiben stehen. Sie knallen die Enden ihrer Lanzen auf die Erde, und die Kakofonie lässt Yairs Zähne schmerzen.

Die Wachen stehen steif und nervös da, und Yair freut das Ganze in gewisser Weise. Er denkt, diese Männer werden herausfinden, was sie hier heute Abend getan haben. Er denkt, sie könnten sie anklagen und töten, und ist fast froh, dass damit dann alles vorbei wäre. Er sieht, wie Preston zu den Gemächern der Königin hinaufblickt, zum Fenster ihres Schlafzimmers. Preston weiß, dass die Königin ins gefährliche dritte Trimester eintritt, in ein Gebiet zwischen Leben und Tod. Seine Frau hat neunzehn Kinder lebend auf die Welt gebracht. Er weiß, es ist eine Zeit großer Gefahr.

Die Fassade des Nordwestturms ist nur etwa fünfzehn Meter breit, mit je einem Seitenturm an den Ecken. Dazwischen liegen zwei große Fenster, das obere gehört zu den Gemächern der Königin, das darunter zu denen des Königs. Das sind die größten Fenster, aber in den Seitentürmen gibt es weitere kleinere.

Preston sagt, in den Gemächern der Königin wurde Ungewöhnliches beobachtet, plötzliche Bewegungen, Lichter, die an- und ausgingen, jemand, der gegen eine Scheibe gefallen ist. Er selbst habe es nicht gesehen, aber einigen der Nachtwächter hier sei es von Zeugen berichtet worden. Es könne alles Gerede sein, doch er wolle wissen, was da vorgehe – und jetzt, wo sie hier sind, könne er sehen, dass die Männer nicht zu Marys offizieller Wache gehören. Er erkennt nicht einen von ihnen.

Die Gemächer der Königin sind hell erleuchtet.

»Was ist hier los?«, ruft Preston.

»Nichts«, erwidert Scott. »Es ist alles in bester Ordnung.«

»Diese Männer ...«, sagt Preston. »Ich kenne den Großteil der Wache, aber nicht einen von ihnen. Wer sind sie?«

»Wir springen nur ein«, sagt Scott. »Es ist alles in Ordnung. Sie können nach Hause gehen.«

»Wie?« Preston betrachtet Scotts Nase und hört seinen fremden Akzent. »Woher kommen Sie?«

»Von Perth«, sagt Scott. »Ich bin da Sheriff, bei Lord Ruthven.«

»Ruthven ...«, sagt Preston. Er weiß, dass Ruthven ein übler Kerl ist, dass Gerüchte gehen, er sei ein Nekromant, und ob man dem nun Glauben schenkt oder nicht, es bedeutet, dass etwas mit ihm komisch ist. »Verstehe. Wie kommt es, dass Sie das Schloss bewachen? Das ist nicht Ihre Aufgabe.«

Scott antwortet nicht. Er scheint nicht zu wissen, was er sagen soll. Die Pause dauert zu lange.

Jemand hinter ihm räuspert sich. Jemand anders lässt seine Lanze fallen, und sie prallt laut aufs Pflaster. Der Lärm hallt von den Mauern des Schlosses wider, und allen wird plötzlich bewusst, wie still es ist. Normalerweise hört man hier Bewegung, Menschen, Pferde, Kutschen.

Die Nachtwächter fassen ihre Lanzen fester.

Füße scharren über die Erde, die Männer festigen ihren Stand.

Preston blickt erneut zum Nordwestturm hinauf und sieht all das Licht, das aus den Fenstern der Königin fällt und aus denen des Königs darunter.

»Ja ... verstehe«, sagt er, »aber *uns* kommt das komisch vor. Sie sind nicht die gewohnte Wache, oder?«

Scott antwortet nicht. Er lächelt vage, blickt über die rechte Schulter und nimmt seine Männer aus dem Augenwinkel in den Blick.

Eine Pause.

Preston tritt vor und hebt den linken Arm. Er nickt, die Männer hinter seiner linken Flanke rücken weiter vor. Preston hebt den anderen Arm, und die Männer rechts tun es ebenfalls. Beide Seiten bilden jetzt einen Halbkreis rund um die Schar Fremder vor dem Tor.

Das Fußgescharre hört auf. Preston ruft »Achtung«, und die Nachtwächter stellen ihre

Lanzen auf, die Klingen auf die unbekannten Wachen gerichtet.

Simon Preston sieht hinauf zu den Gemächern der Königin und ruft: »Ist die Königin da?«

NEIN!

Darnley hat aufgehört, so zu tun, als hätte jemand anders Ruthven hereingelassen. Er ist verdrossen, weil Mary nicht aufhört, sich darüber zu ereifern, und dabei war es nicht einmal seine Idee. Sie sind jetzt in Marys Schlafgemach und sitzen an ihrem Schreibtisch unter dem großen Fenster. Ruthven hockt ein Stück entfernt in sich zusammengesackt auf einem Stuhl an der Tür zum Esszimmer. Er möchte mehr Wein, und Darnley schenkt ihm nach. Mary sieht zu den Wachen an der Tür hinüber, zwei Männern, die sie beide nicht kennt und die verlegen blinzeln und ihre Gesichter zu verbergen suchen. Es gibt noch andere im Zimmer, aber die beiden haben Angst.

Sie steht auf, geht auf sie zu, sieht, wie sie sich wegdrehen, und setzt sich auf ihr Bett. Sie

tut so, als wäre sie nicht in ihre Richtung gegangen, um ihnen in die Gesichter zu blicken.

In dem Moment bemerken sie die Fackeln.

Hunderte Fackeln bewegen sich von der
Stadt her auf das Schloss zu. Erst können sie
die Männer nicht erkennen, da ist nur das
Flackern auf den Mauern um sie herum, das
sich in den dunklen Nachthimmel frisst. Es
wird stärker. Es kommt eindeutig von der An-
höhe her. Dann bricht der Lärm der Schritte
von der Straße in den Hof vor dem Schloss. Das
Licht der Fackeln lässt es in Marys Schlafgemach plötzlich hell werden wie an einem Som-
mermittag.

Hoffnung. Alle in Marys Schlafgemach halten inne und lauschen. Ruthven lässt seinen
Becher fallen.

Mary hofft, dass die Männer irgendwie begreifen, was vorgeht, und ins Schloss eindrin-
gen: dass die guten Bürger von Edinburgh, ihre
treuen Untertanen, kommen und sie befreien.

Sie steht am Fuß ihres Bettes und lauscht
dem Hin und Her zwischen Preston und Scott.
Sie kartiert die Lage: Ruthven sitzt vor dem
Esszimmer, Darnley ist drüben an der Tür zum

Audienzzimmer, Lady Huntly in der Nähe des Esszimmers. Drei Wachen versperren die Ausgänge. Eine den zur privaten Treppe, zwei den Durchgang zum Audienzzimmer, und sie alle beobachten ihre Reaktion auf den Aufruhr draußen.

Marys Gesicht wendet sich dem Fenster zu. Ihre Lippen öffnen sich, als wollte sie Luft holen und um Hilfe rufen. Die ihr am nächsten stehende Wache hebt die Spitze ihres Schwertes an ihre Brust, und der Mann beugt sich vor und zischt: »Lady, ein Ruf oder auch nur ein Geräusch, und wir hacken Sie in Stücke und werfen Sie über die Schlossmauern.«

Mary blickt ihn an. Sie merkt sich sein Gesicht, und er sieht es. Er lässt sein Schwert sinken. Seiner Unverschämtheit fehlt die Überzeugung. Es ist das erste Mal, dass sie ein Zögern bemerkt, und sie weiß, es könnte ihre Chance sein.

Von draußen hört sie den Provost zum Fenster heraufrufen: »Ist die Königin da?«

Das ist die richtige Frage.

Ruthven sieht die Wachen an. Die Wachen sehen zum Fenster. Mary hat die Unterstützung ihres Volkes. Die Menschen lieben sie, und wenn Preston und die Wächter hereinkommen, werden die Wachen getötet. Ruthven wird getötet. Sein Besitz wird konfisziert, und er verliert seine Titel.

Darnley erwacht zum Leben, tritt hinüber ans erleuchtete Fenster und reißt es auf. Er lehnt sich hinaus wie eine Waschfrau und ruft zu Preston hinunter: »Hallo!«

»Oh!« Preston freut sich, den König zu sehen. »Hallo!«, antwortet er. »Ich bin Provost Simon Preston. Ich leite die Nachtwächter.«

»Gut für Sie«, sagt Darnley lächelnd und blickt über das Rund der lanzentragenden Männer, die ihre Waffen auf die Schlosswache gerichtet halten. »Was geht da vor?«

»Wir dachten, wir hätten Unruhe gehört«, sagt Preston.

»Oh, das haben Sie! Wir haben einen Spion des Papstes gefasst. Oder besser, gleich zwei. Sie wollten fliehen, aber wir haben sie festgesetzt und die Sache bereinigt. Mussten zusätzliche Wachen aufstellen für den Fall, dass da draußen noch Agenten sind. Ein Diener, dem

wir unser Vertrauen geschenkt haben – stellen

Sie sich vor! Schleicht hier herum und schickt Berichte zurück nach Rom. Sie hatten Briefe dabei, die beweisen, dass sie spioniert und geplant haben …«

Darnley geht viel zu sehr ins Detail, was ein sicherer Beweis dafür ist, dass die Geschichte nicht stimmt, und das alles auch noch wegen eines Untergebenen. Preston fragt sich, ob er abgewimmelt werden soll, aber was kann er tun? Darnley ist mit der Königin verheiratet. Er kann ihn nicht gut ins Verhör nehmen.

»Oh«, sagt Preston und lächelt, ist aber nicht überzeugt. »Das stell sich einer vor.«

»Ja«, sagt Darnley. »Ihr könnt euch also auflösen und nach Hause gehen.«

Es fühlt sich nicht richtig an für Preston. Er will nicht abziehen, aber der Mann der Königin sagt es ihm, aus deren Fenster. Was bleibt ihm da übrig?

Er wendet sich den Männern zu, befiehlt sie zurück nach Hause und dankt ihnen für ihre Dienste. Die Männer drehen um und trotten zurück zur Stadt.

Darnley bleibt am Fenster, lächelt steif und sieht zu, wie sie abziehen, was Preston ebenfalls

ungewöhnlich findet. Darnley ist bekannterma-
ßen ein versnobter, ruppiger kleiner Scheißer.

Preston bleibt noch. Er will sich versichern,
dass alles gut und angemessen vonstatten-
geht. Wenn sie heute Abend tatsächlich einen
Spion im Schloss gefunden haben, will er, dass
die Nachtwächter beim Prozess gut wegkom-
men. Er lässt die Männer vorausgehen und
sieht sich noch einmal im Hof um. Da hört er,
wie das Fenster zugemacht wird, und in dem
Moment, in dem es sich schließt, hört er eine
Frauenstimme ein Wort rufen.

»Nein!«

Mit ansteigender Lautstärke. War das ein
Schrei? Ist es ein Schrei? War es die Königin?
Er sieht hinauf zum hell erleuchteten Fenster. Er sieht die Wachen an, die nichts gehört
zu haben scheinen. Es war nicht sehr laut.
Er sieht noch einmal hinauf und rechnet mit
einem Wechsel des Lichts oder einer Bewegung. Aber nichts.

Provost Simon Preston geht nach Hause und
legt sich in sein Bett. Er blinzelt in die Dunkelheit und hört diese eine klagende Silbe wieder. Vielleicht hat er sich getäuscht. Könnte es

etwas anderes gewesen sein, und er hat sich nur eingebildet, es wäre eine Stimme? Er hört sie wieder und wieder, bis sie keinen Sinn mehr ergibt und er an etwas anderes denken kann.

JOHN NOIR, PÄPSTLICHER SPION

Yair mischt sich unter die Männer und geht mit ihnen zurück in die Stadt. Er steht nicht weit von Simon Preston, als sie den Hof verlassen, und auch er hört den herausgepressten leisen Schrei, dieses »Nein!«, aber es verfolgt ihn nicht. Er ist bereits so verzweifelt, dass nichts anderes mehr zu ihm durchdringt. Nichts berührt ihn, weder die Kälte noch die schwatzhafte Kameradschaft der nach einem Fehlalarm nach Hause zurückkehrenden Männer.

Einzelne scheren aus, nach links, nach rechts. Die Stadt knabbert an der Kolonne, die Leute verschwinden in Eingängen, Straßen und Gassen, bis es nur noch sehr wenige sind. Die Übriggebliebenen beschließen, noch etwas trinken zu gehen und zu bereden, was heute Abend geschehen ist. Sie werden schneller und suchen eine Schänke, die noch offen hat. Es ist spät. Yair fällt zurück, bis er ganz hinten ist, abbiegt und unbemerkt verschwindet.

Er geht eine lange Zeit, in Gedanken versunken, steigt hinauf zur Burg und wieder zu den Häusern hinunter. Er umkreist die Basis des Burgfelsens, geht durch die unteren Bereiche der dunklen Stadt, die Gassen hinunter zum Grassmarket, der unteren Stadt, folgt einfach seinen Füßen. Er will nirgends hin, einfach nur gehen, bis er nicht mehr kann, und findet sich schließlich vor der Tür von Father Adam Black wieder.

Adam Black ist berüchtigt.

Er ist alles, was Henry Yair nicht ist. Er ist ein vierzigjähriger dominikanischer Bruder, wohlhabend, aufgeräumt, lasziv und weit gereist. Er war schon überall in Europa und einmal im Heiligen Land. Black ist verständnisvoll, was die Übertretungen derer angeht, die zum Beichten zu ihm kommen, weil er selbst ein Sünder ist. Er wird verdächtigt, ein Spion zu sein. Es geht das Gerücht, er berichtet den Spaniern,

er berichtet den Franzosen und schickt verschlüsselte Botschaften an den Vatikan. Sein Deckname ist »John Noir«. So nennen sie ihn in ihren Antwortschreiben. *Fragen Sie John Noir, ob ... Sagen Sie John Noir, er soll ... Muss John Noir herausfinden ...* Alle in Edinburgh wissen das. Black wird nur toleriert, weil er nicht oft in der Stadt ist, und wenn, dann nicht für lange. Er war der Geistliche von Mary of Guise, der gegenwärtigen Königinmutter, und niemand weiß genau, welchen Status er eigentlich innehat.

Adam Blacks Eingangstür ist klein, hellblau und hat einen glänzend polierten Messingklopfer. Sein Haus steht allein auf einem Grundstück, das an den Greyfriars-Friedhof grenzt. Yair denkt, er ist hier gelandet, weil er unbedingt über Glaubensfragen sprechen muss. Er will wissen, ob sein Herz so schmerzen muss und ob es ein Fehler war zu konvertieren. Er will wissen, warum Gott die Menschen auf diese Weise zwischen Religionen wählen lässt, obwohl sie es doch nicht können. Er weiß nicht genug. Er setzt seine unsterbliche Seele aufs Spiel. Yair kann beide Seiten verstehen. Es ist nur eine Mutmaßung, aber es fühlt sich wie eine Art Antwort an, dass er sich hier vor dem Haus der Priesters wiederfindet.

Gott sollte den Menschen keine Antwort auf diese Fragen abverlangen.

Yair betrachtet Adam Blacks Tür, möchte hinein, aber die Fenster sind dunkel. Trotzdem, es ist ein Zeichen, hierhergeführt worden zu sein. Er drückt die Klinke. Er hat so etwas noch nie getan. In derart durchlässigen Momenten kann noch die winzigste Kleinigkeit eine Bedeutung annehmen und als Zeichen Gottes gesehen werden. Die Tür gibt nach. Der Riegel ist nicht richtig vorgeschoben. Henry Yair tritt von der Straße in Father Adam Blacks Stube.

Er will das Richtige tun, die richtige Wahl treffen. Es ist ein Glücksspiel. Er hat gesehen, wie Rizzios Gesicht von einer Klinge durchschnitten wurde. Augen wie Lippen.

Dann steht er neben einem Bett in einem kleinen Zimmer, einem stickigen Zimmer, das nach Wachs und Altmännerkleidern riecht, und Yair stellt fest, dass er lächelt. Er muss nichts entscheiden. Es wurde bereits entschieden.

Er hält ein Messer in Händen, das er nie zuvor gesehen hat, in seiner rechten Hand hält er es, und es ist voller Blut. Es ist warm, das Blut, und es tropft auf eine Art und Weise auf den Boden, die er erstaunlich findet. Das Blut des Lammes. Er ist reingewaschen.

Er muss nichts mehr entscheiden. Es ist alles für ihn entschieden worden.

Eine Frau schreit laute Worte. Es ist Father Blacks Schwester und Haushälterin. Sie schreit die Worte ganz nah bei Yair, dann weit weg von ihm, und dann sind da Männer.

Männer, die dafür sorgen, dass er das Messer fallen lässt, Männer, die ihn bei den Armen halten, und sie stecken Kerzen an und sehen Father Adam Black in seinem purpurn durchnässten Bett. Wieder und wieder wurde in sein liebes, heiliges Gesicht gestochen.

FREMDE GERÄUSCHE AN EINEM VERTRAUTEN ORT

Es ist Nacht im Schloss, und Mary sitzt in der Falle. Sie ist vollständig bekleidet und hockt auf dem Rand ihres Bettes in ihrem sich leerenden Schlafgemach. Ruthven hat ihr befohlen, sich zurückzuziehen. Alle gehen. Sie weiß immer noch nicht, ob Rizzio wirklich tot ist, denkt aber, dass er es sein muss. Sie hat Gelächter und Applaus aus dem Audienzzimmer gehört, und jetzt ist es dort still. Sie sieht Darnley und Ruthven an.

Darnley kommt herüber und sagt ihr, sie soll kooperieren. Dann geht er wieder.

Ruthven humpelt heran und meint, das Baby wird keinen Vater haben, wenn sie sich vom Kindsvater scheiden lässt, bevor es geboren ist.

Jean, die seit dem Essen nicht von ihrer Seite gewichen ist, fängt ihren Blick auf, und Mary kann sehen, wie ihr Mund zuckt und ihre Augen sagen: Sieh dir den dummen alten Narren an, der nicht mal weiß, was uneheliche Kinder sind. Ein uneheliches Kind wird außerehelich gezeugt, nicht geboren.

Ruthven bleibt weiter in ihrer Gegenwart sitzen, diese Unverschämtheit, und Darnley beugt sich zu ihm hin und spricht leise mit ihm. Sie sehen sich verstohlen um, es ist erbärmlich, sie wollen nicht, dass sie oder jemand anders hört, was sie sagen. Ihr Mann ist ein törichter Idiot. Er wird noch dafür sorgen, dass sie beide umgebracht werden.

Lady Huntly kommt herein. Ihr wurde erlaubt, das zerbrochene Geschirr hinauszuschaffen, aufzuräumen und die Dinge wieder in Ordnung zu bringen.

Sie nähert sich Mary und sieht sie eindringlich an.

»David?«, fragt Mary.

Lady Huntly blickt zum Audienzzimmer hinüber.

»Da drinnen?«

Lady Huntly nickt und neigt traurig den Kopf.

Es kommt keinerlei Geräusch aus der Richtung. Mary wirft Lady Huntly einen Blick zu, der sie anfleht, ihr zu sagen, dass das alles nicht wahr ist. Aber das ist es, und sie wissen es beide.

Lady Huntly tut jetzt etwas Ungewöhnliches. Sie legt ihre Hand auf Marys. Es ist weniger eine Liebkosung als der kurze Übertrag von Wärme von einem alten Körper auf einen jungen, und sie schnaubt, laut wie ein Pferd.

»Gott sei seiner Seele gnädig«, sagt sie.

Mary blickt zur Tür des Durchgangs. Dahinter ist David, und wenn es so ist, ist er tot.

David Rizzio ist den Großteil des Weges von Nizza nach Edinburgh zu Fuß gegangen. Drei Monate hat er dafür gebraucht. Er kam im diplomatischen Gefolge des Grafen von Moretta, weil er das Gefühl hatte, in der schottischen Hauptstadt sein Glück machen zu können. Er stammte aus keiner reichen Familie, aber sein Vater gab all sein Geld für die Ausbildung Davids und seiner Brüder aus, und das merkte man. Er war der klügste Mann, den

95

Mary je kennengelernt hatte, elegant gekleidet und mit angenehmen Umgangsformen, zudem sang er so gut, dass ihn die anderen Chorsänger *David Le Chant* nannten. Sie wusste von Beginn an, dass er Henry liebte. Sie sah, wie sein Blick über Henrys Profil glitt, die Rundung des weichen Kinns, das Wunder seiner wohlgestalteten Beine. David sah in Darnley, was auch sie in ihm sah: seine ätherische Schönheit und Grausamkeit, seine Engherzigkeit und seine Anmut.

Lady Huntly erkennt, dass Mary verstanden hat. Sie tätschelt den Arm der Königin, nimmt ihren leeren Korb, geht ins Esszimmer und sammelt lärmend verstreutes Essen und zerschlagene Teller ein.

Lady Huntly, geborene Elizabeth Gordon, ist dreiundfünfzig, alt genug, dass niemand sie mehr ansieht. Sie war mit Schottlands reichstem Mann, George Gordon, Earl of Huntly, verheiratet, doch er erlag einem Schlaganfall, auf dem Schlachtfeld, im Kampf gegen Mary.

Lady Huntly musste an seinem posthumen Prozess wegen Hochverrats teilnehmen, bei dem sein einbalsamierter Körper aufgebockt und vom gesamten Parlament abgeurteilt wurde. Im selben Prozess wurde zudem ihr siebtes Kind, ihr Sohn John, auf Befehl der Königin zum Tode verurteilt. Lady Huntly eine Stelle unter Marys Hofdamen zu geben, sollte ein Zeichen königlicher Milde sein. Aber ein Teil der Strafe, die dem einbalsamierten Earl of Huntly dafür auferlegt wurde, sich gegen sie erhoben zu haben, war die Beschlagnahmung eines großen Teils seiner Möbel, samtgepolsterter Betten, Teppiche und Wandbehänge, von Tafelsilber und -gold. All diese Dinge wurden hierhergebracht, nach Holyrood, und Lady Huntly sieht sie jeden einzelnen Tag, den sie der Königin dient, diese Relikte ihres früheren Lebens, als sie noch keine Witwe war und ihr Sohn John noch seinen Kopf besaß. Jeder Moment hier ist eine Strafe. Jetzt kommt sie mit einem Korb zerbrochener Dinge aus dem Esszimmer, und die Wache lässt sie hinaus.

Mary sieht ihr hinterher. Sie sitzt auf dem Bett und hält sich den Leib. Heute Nacht werden sie versuchen, sie umzubringen. Wenn sie genug Mut gefasst, es diskutiert und die Einzelheiten besprochen haben, werden sie ver-

suchen, zunächst sie und dann Darnley umzubringen. Es ist das Klügste. Es ist das, was sie
tun würde. Sie muss dem Einhalt gebieten.

Darnley kommt und setzt sich neben sie. Er
wirkt geläutert.

Sie flüstert: »Ist unser David tot?«

Er zuckt dümmlich mit einer Schulter. Natürlich weiß er, dass Rizzio tot ist, er ist nur zu
feige, es zuzugeben.

Auf der anderen Seite des Zimmers erhebt
sich Ruthven. Er ist entkräftet, seine Rüstung
schwer, und er schwankt leicht, fängt sich aber
und hebt eine Hand in Richtung von Darnley.

»Gehen Sie nach unten«, sagt er mit einer
weiten Geste von Darnley zur privaten Treppe
hin.

Erst denkt Darnley, der alte Mann deliriert.
Er schnaubt und blickt Mary an, damit sie ihm
bestätigt, dass sie gesehen hat, wie Ruthven
ihm etwas befehlen will.

Mary neigt den Kopf zur Seite. Was erwar-
test du?, denkt sie. Du bist genauso eine Geisel
wie ich.

»Gehen wir nach unten, Lord Ruthven«, sagt
er laut, als wäre es von Beginn an seine Idee

gewesen, aber Ruthven klirrt bereits durchs Zimmer.

Als Darnley aufsteht, streckt Mary die Hand aus und greift nach seinem Arm. Es ist so vertraulich, wie sie es ihm gegenüber in diesem Moment zu ertragen vermag.

»Bleib heute Nacht bei mir«, flüstert sie.

Er weiß, dass sie versuchen möchte, ihn zurück auf ihre Seite zu holen. Er grinst sie an und zieht seinen Arm weg. »Nein«, sagt er und macht einen Schritt auf die Treppe zu.

Sie flüstert so leise, dass nur sie beide es hören können: »Sie werden auch dich umbringen.«

Aber Darnley geht weiter, durch die Tür und die Treppe hinunter. Sie weiß nicht einmal, ob er sie gehört hat.

Sie schließt die Tür hinter ihm ab, doch das ist rein symbolisch. Die Wachen sind immer noch in ihrem Audienzzimmer. Sie werden sie da nicht durchlassen.

So bleibt Mary denn auf ihrem Bett zurück, während die Lichter verlöschen. Lady Huntlys Aufgabe sollte es jetzt sein, ihr beim Entkleiden zu helfen. Als sie wissen, sie sind allein, kommt die Hofdame herüber zu ihrer Königin, setzt sich zu ihr aufs Bett, Schenkel an Schenkel mit ihr, und nimmt ihre Hand. Sie lauschen den fremden Geräuschen an diesem vertrauten Ort. Türen, die sich schließen, Schritten auf der Treppe, Rufen im Hof, dem Rumoren der Stimmen unten.

Die beiden Frauen halten sich bei den Händen, und Lady Huntly vergießt stumme Tränen. Mary weint nicht. Sie kann nicht genug loslassen. Aber sie zieht ihre Hand nicht zurück. So sitzen sie eine lange Zeit da.

EIN TANZ AUF DEM RAND EINER LÖWENGRUBE

In einem fernen Zimmer auf der anderen Seite des Schlosses beenden zwei Männer in ihren frühen Dreißigern ihr Essen, erzählen sich alte Geschichten, schwatzen und trinken. Sie sind beide mit Lady Huntly verbunden: George ist ihr Sohn und James ihr neuer Schwiegersohn, vor weniger als drei Wochen hat er ihre Tochter geehelicht. Seit Stunden sitzen die beiden da, genießen die Gesellschaft des jeweils anderen und reden sich durch die Nacht. Vom Coup wissen sie nichts.

Sie sind wahre Freunde.

Ungewöhnlich für die Zeit, fühlt sich ihre Freundschaft nie wie ein Handel oder irgendwie förmlich an. Es besteht echte Zuneigung, ihr Zusammensein verändert sie, gemeinsam sind sie mutiger und unbekümmerter. Sie finden Dinge komisch. Sie ändern des anderen Meinung. Sie handeln im Einklang.

James Bothwell ist bekannt für seine ungesellige Art, ein ehrlicher Scheißer, der sich nicht bestechen lässt, aber er ist auch ein Ehebrecher, ein Abenteurer und Vergewaltiger. George musste der Hinrichtung seines Bruders zusehen, und wie der Leiche seines Vaters der Prozess wegen Hochverrats gemacht wurde. Und wie seine Mutter muss er den ganzen Tag, jeden Tag, an den Beutestücken aus dem Besitz seiner Familie vorbeigehen.

Beide Männer arbeiten eng mit David Rizzio zusammen und beraten die Königin. Sie sind ihr treu ergeben. Es sind Zeiten der Vorsicht, die herrschende Klasse ist klein, und im Grunde kann sich jeder seine Feinde aussuchen, hat doch so gut wie jedes Haus einem anderen etwas Schreckliches angetan.

Sie lachen gerade über etwas, als sie ein Klopfen an der Tür hören, so laut und förmlich – *KLOPF! KLOPF! KLOPF!* -, dass sie nur noch mehr lachen müssen. Sie denken, da erlaubt sich jemand einen Scherz.

»Herein!«, ruft George mit düster dunkler Stimme.

»*Entrez!*«, setzt Bothwell affektiert französisch hinzu.

Beide machen große Augen, als ein Diener die Tür für ihren Besucher öffnet: Lord Ruthven. Mit rotem Kopf und in voller Rüstung steht er da, schnauft heftig vom Treppensteigen mit all dem Metall am Körper und trägt einen bizarren stählernen Helm auf dem Kopf, der mit einem Lederriemen und einer Schnalle beim Ohr festgezurrt ist. James weiß, dass er ihn besser nicht offen auslacht. Er tut ihnen leid. Der Mann stirbt, wie alle wissen, und hat keinerlei Sinn für Humor oder gar Selbstironie.

James steht auf, um ihn zu begrüßen. Er bittet ihn herein, aber George, der albernere von beiden, muss sich sehr tief hinunterbeugen, so tief, dass Ruthven nicht sieht, wie viel Mühe es ihm bereitet, nicht in Lachen auszubrechen. Sie sind beide ziemlich betrunken.

Ruthven klirrt in die Mitte des Raums und bricht dort auf einem Stuhl zusammen. Er kippt stark zu einer Seite, als grübe sich die

Rüstung in seinen Leib. Er wirkt gramerfüllt und abwesend, aber die beiden sind höflich und bieten ihm Wein und einen Hocker für die Füße an.

»Lord Ruthven, wie schön, Sie wieder auf den Beinen zu sehen.« Das sagt George, der nettere von beiden. »Darf ich Ihnen einen Becher Wein anbieten?«

Ruthven seufzt. »Hört zu, wir haben das Schloss in unserer Gewalt, wir haben Rizzio umgebracht und die Königin als Geisel genommen. Morgen lösen wir das Parlament auf und holen die verbannten Lords zurück. Alle wissen es, und alle kommen. Die meisten sind bereits hier und verstecken sich in der Stadt. Die Königin, der ihr die ganze Zeit gehuldigt und vor der ihr gekatzbuckelt habt? Sie ist raus.«

Er verändert seine Position und scheint zu vergessen, was er gesagt hat.

George schenkt einen Becher Wein ein und reicht ihn Ruthven. »Lord Ruthven, beunruhigt Sie die Möglichkeit einer Anklage wegen Hochverrats nicht?«

»Nein.« Ruthven trinkt und starrt ausdruckslos ins Feuer. »Es wird keine Anklage geben. Wir haben Darnley.«

»Oh.«

George fühlt sich plötzlich fürchterlich ernüchtert. Er blickt zu Bothwell. Bothwell sieht Ruthven an und nickt. Er stimmt ihm nicht zu, er verbirgt nur, was er wirklich denkt.

Es ist eine Katastrophe für die beiden. James und George hatten Pläne. Darnley ist ein verzogenes Kind. Sie haben sich nie auch nur die Mühe gemacht, ihn als eine der Figuren im Spiel zu betrachten.

»Wir haben ihm als ihrem Mann die Regentschaft versprochen«, schnauft Ruthven. »Er wird also letztlich tun, was wir sagen.«

George setzt sich wieder und beugt sich vor, die Hände auf den Knien, mit streitlustig zur Seite stehenden Ellbogen. Ein nervöses Lächeln zuckt über sein Gesicht. »Aber er ist ein ziemlich wechselhafter Charakter, unser Lord Darnley, nicht wahr?«

Ruthven schiebt zustimmend die Lippen vor. »Sorgt es Sie nicht zumindest ein wenig, dass er seine Meinung ändern könnte?«

»Nein«, sagt Ruthven. »Wir haben Glück. Er

hat einen Vertrag unterschrieben, in dem er uns all das befiehlt. Wir lassen es aussehen, als würden wir nur seinen Anweisungen folgen. Aber ich möchte nicht, dass ihr zwei euch Sorgen macht. Ihr seid bei mir auf der sicheren Seite. Das garantiere ich. Seid nicht beunruhigt.«

George lässt ein leises Gurren hören, das besagen soll, dass er beeindruckt ist, überrascht, aber beeindruckt, und ja, gut gemacht. Und dann sagt er:»*Wir*, das sind ...?«

Ruthven sieht ihn zum ersten Mal an.»Ich. Wir. Die Lords der Kongregation. Die Lords der Rebellion.«

George nickt, als hätte er Mühe, es zu verstehen.»Die Lords der Rebellion, die sich gegen Darnleys und Marys Ehe erhoben haben, haben die Königin als Geisel genommen, bis Darnley die Regentschaft übertragen wird?«

»Nein. Er kriegt die Krone, und sie bekommen ihren Besitz und ihre Titel zurück.« Ruthven weiß, dass das alles keinen zu großen Sinn ergibt. Selbst mit einem Vertrag, selbst wenn alle bekommen, was sie wollen, brauchen sie ein Prinzip, das ihr Tun rechtfertigt, ein natürliches Gesetz, welches das erwünschte Ergebnis edel und redlicher als das bloße Verlangen von Briganten erscheinen lässt.

»Weil eine Königin eine Beleidigung der Natur ist?«, schlägt Bothwell vor, um ihm auszuhelfen.

»Ja!«, sagt Ruthven und gestikuliert mit einem Finger in seine Richtung. »Ja, das nachgeordnete Geschlecht! Ein Trompetenstoß und so weiter. Ein König ist das, was wir brauchen.«

»Stimmt«, sagt George, nicht überzeugt und an Darnley denkend.

»So in *etwa*«, sagt Bothwell und lächelt Ruthven zu.

Ruthven fühlt sich leicht verwirrt und versucht aufzustehen, schafft es aber nicht. George springt auf, um ihm zu helfen, indem er die alte Methode anwendet, um einen Adligen in Rüstung von einem Stuhl hochzubekommen. Er stellt sich auf Ruthvens stahlgeschützte Zehen, fasst ihn bei den Oberarmen und zieht ihn mithilfe des eigenen Gewichts in die Höhe. Das lässt Ruthven wehmütig werden, er grinst und sagt, das hat er schon lange nicht mehr gesehen. George sagt, so hat er es bei seinem

Vater gemacht, er und sein Bruder haben je einen Arm genommen.

Dann laufen sie im Zimmer herum, lächeln und erinnern sich an frühere Zeiten und wie es da zuging, bis Ruthven völlig unvermittelt sagt, dass er jetzt gehen müsse.

»Nun, danke, dass Sie gekommen sind, um es uns zu erklären«, sagt George an der Tür, und sie schütteln sich alle die Hände.

Ruthven klirrt den Gang hinunter, um Lord Atholl mitzuteilen, dass auch er nicht ermordet wird, genauso wenig wie die anderen Mary treu Ergebenen. Bothwell schließt die Tür.

Die beiden Männer bleiben hinter der Tür zurück.

»Dahinter steckt Lennox«, sagt Bothwell ruhig.

»Woher weißt du das?«

»Die Lords der Kongregation werden von den Engländern finanziert, und mit Darnley an der Spitze muss es so sein.«

George oder Bothwell hassen Lennox nicht aus moralischen Gründen. Ihnen geht es um Europa. Die Lords der Kongregation, die pro-testantischen Reformer, wollen eine engere

Verbindung an England, um ihre Religion zu festigen, aber Bothwell und George, auch wenn sie doch selbst Protestanten sind, wissen, dass die Bindung an England ihre Macht verwässern wird. Europäische Bande dagegen würden zwar weniger Geld bringen, aber auch weit weniger Verpflichtungen. Niemandem in Europa ist Schottland wirklich wichtig, die wollen nur England ärgern. Europäische Bande bedeuten, dass Bothwell und George hier leichter Kontrolle ausüben können.

»Alle wissen, dass wir ihr treu ergeben sind«, sagt Bothwell.

»Hmm.«

»Ruthven hat nicht die Macht, uns zu schonen.«

»Ich weiß.«

Es gab mal eine Zeit, da Ruthven das auch selbst begriffen hätte, und es ist etwas peinlich, dass der alte Knabe sich bis zu ihnen schleppen musste, um ihnen Schonung zu versprechen, wobei er sie doch tatsächlich nur warnen konnte.

George entschuldigt ihn mit einem Schulterzucken. »Er stirbt.«

Bothwell nickt gütig. »So ist es. Und jetzt geht er zurück und sagt den anderen, dass er bei uns war. Dann werden sie begreifen, dass sie uns töten müssen.«

»Ja, das werden sie.«

James und George stehen reglos im jetzt dunklen Zimmer und lauschen. Was da an Geräuschen zu ihnen dringt, ist ungewohnt. Es geht unruhig und chaotisch zu, verglichen mit einer normalen Nacht.

Die eingedrungenen Soldaten sind überall im Schloss und in Hochstimmung wegen ihres Sieges. Sie sitzen in Sesseln und stöbern durch die Küchen, nehmen sich, was nicht niet- und nagelfest ist, und balgen sich im Thronsaal. Es herrscht keinerlei Disziplin. Was für den Rest der Nacht nichts Gutes erahnen lässt. Durch die gewohnten Türen können die beiden jungen Männer nicht fliehen, und den einzigen Weg hinaus, den sie sonst noch kennen, bietet diese Hintertür. Ganz hinten können sie ein kleines, verschlossenes Fenster sehen, einen

Halbkreis gedämpften grauen Mondlichts. Sie wissen nicht, ob die Wachen da draußen sind oder oben.

Sie lauschen, verstehen aber nicht wirklich, was sie hören. Es sagt ihnen nichts darüber, wer kommt und geht. Es gibt keine Ordnung. Schließlich sieht James George an, zuckt mit den Schultern, deutet auf das Fenster und geht darauf zu. George folgt ihm, die Augen auf den Freund gerichtet. Er rechnet damit, dass gleich die Tür auffliegt, eine Truppe hereindrängt, Schwerter schwingend, und ein Alarmschrei ertönt. Aber niemand hält sie auf.

Sie heben die Klappe an, öffnen das Fenster, und James gleitet problemlos hinaus. George ist weniger beweglich, und James muss ihn am Arm nach draußen ziehen.

Sie stehen im dunklen Schlossgarten. Ihre Blicke treffen sich, die Kälte beißt ihnen in die Wangen. Plötzlich hören sie Füße im Marschierschritt in der Nähe – es kommt nicht unbedingt in ihre Richtung, doch da wird marschiert. Die beiden sind voller Adrenalin, und sie sehen es als ein Zeichen und rennen los.

Über Rasenflächen und durch Rosenbüsche

rennen sie, an Sitzbänken und hohen Hecken vorbei, klettern eine Außenmauer hinauf und springen auf die andere Seite, still und geschwind. Sie vergegenwärtigen sich, wie jung und wie schnell sie sind, und immer noch nicht außer Atem fühlen sie sich unbesiegbar, voller Glück über das gemeinsame Laufen, Angst und Schrecken hinter sich, vor sich nur Mut und Beherztheit wie junge Böcke.

Der Mond kommt heraus, und mit einem Mal werden Einzelheiten sichtbar: silberner Tau auf Grashalmen, blitzende Augen einer vor Schreck erstarrten Maus, Bothwells Augenlider, Georges Sommersprossen.

Sie werden schneller, jagen einander aus purer Freude. Keiner von ihnen wird sich je wieder so stark fühlen.

Bothwell sieht etwas zu seiner Rechten und jauchzt vor Wonne. Er schert zur Seite, weg von seinem Freund und hält auf eine niedrige Mauer zu.

Es ist die Löwengrube.

Holyrood hält zwei räudige Löwen in einer tiefen Grube. Es ist ein weites, rundes Loch, in

dem man die mageren Kreaturen von oben betrachten kann. Die gemauerte Außenwandung verstärkt ihr Brüllen und lässt sie furchterregend erscheinen, nicht selbst von Furcht geschüttelt.

James springt auf die niedrige Mauer und tänzelt ausgelassen darauf entlang, mit einem breiten Grinsen hinüber zu George. George lacht still über seinen verrückten Freund, rennt immer noch, dreht sich um, als er ihn überholt, kommt zurück, um Bothwell weiter zusehen zu können.

Und der Earl of Bothwell tanzt mitten in der Nacht einen Jig auf dem Rand einer Löwengrube.

GROSSE MÄNNER DER GESCHICHTE, VON DEN GEMEINEN ÜBERWUNDEN

Die ganze Nacht bleiben die Hauptakteure in Darnleys Audienzzimmer versammelt. Darnleys Vater Lennox ist gekommen. Er ist mit Ruthven, Morton und all den anderen Lords zusammen, die von Mary übergangen und kaltgestellt worden sind.

Sie sind alle grundbesitzende Aristokraten, weiß und zwischen zwanzig und sechzig Jahre alt. Titelträger, die denken, sie können tun, was sie wollen, und sie füllen die Geschichtsbücher mit ihren Streitigkeiten, ihren Ansprüchen und ihrer Missgunst. Große Männer der Geschichte.

Ja, sie wissen um ihre Größe und sind voller Zuversicht, mit ihrem Elan und ihrer rechtschaffenen Kraft den Lauf der Geschichte geändert zu haben. Doch das haben sie nicht. Ihre Pläne werden von einer untersetzten Witwe mit einem Pisspott in der Hand durchkreuzt werden.

Aber im Moment sitzen die Aufrührer in Darnleys Audienzzimmer und stellen sich vor, wie sie im Prisma der Zeit erscheinen werden – große Männer, die zusammenstehen, um ihren Besitz zu schützen und Schottland dem Calvinismus zuzuführen. Lennox hat Marys Mutter in ihrer Witwenschaft den Hof gemacht, wurde jedoch zurückgewiesen. Er hat Mary den Hof gemacht, doch auch die wollte nichts von ihm wissen. Er ist ein die Macht anbetender, Kinder mordender Pragmatiker, der sich nicht einmal zu einer Seite der Reformation bekennen kann. Er ist irgendwie protestantisch genug für Henry VIII., aber auch katholisch genug für Bloody Mary.

Lennox beherrscht das Gespräch. Er sagt weniger als alle anderen, und doch steht er hinter jeder Wendung der Debatte, jede einzelne Entscheidung formuliert *er* mit seinen wenigen Worten.

Lennox ist groß, wie sein Sohn Darnley, hat

einen dünnen, langen Körper und ein leicht verwittertes Gesicht. Er hat Mary seinen Idioten von Sohn untergeschoben und steuert ihn jetzt aus dem Hintergrund. Seine Hartnäckigkeit zahlt sich aus.

Er kann sie in ihrem Schlafgemach oben auf und ab laufen hören und sagt der Gesellschaft: »Sie ist das Problem.«

»Sie ist ein *Problem*«, sagt Ruthven.

»Wie Rizzio«, sagt Lennox. »Ein Problem. Sie und Rizzios Baby.« Er lächelt und nickt seinem Kuckuckssohn zu, der weiß, dass er kein Kuckuck ist. Darnley erwidert sein Lächeln und denkt, es gibt nichts Schlimmeres als seinen Vater, wenn er lächelt. Dabei ist noch nie etwas Gutes herausgekommen.

»Ja, aber wir wünschen der Lady kein Leid«, sagt Lord Lindsay, der immer das schwache Glied in der Kette ist. Er steht in der Mitte des Raums, ein kleiner, untersetzter Mann, der keinen Wein trinkt, ohne dass jemand den Grund wüsste, warum. Er ist nie betrunken, was ihn eigenartig und störend erscheinen lässt. »Wir werden sie und das Baby in Stirling Castle festhalten.«

»Wie lange?«, fragt Lennox und lässt Lindsay die Schwäche seines Plans selbst aufspüren.

»So lange wie nötig«, sagt Lindsay.

»Und wie lange ist das?«

»Sicher für den Rest ihrer beider Leben, wenn nötig. Es wird ihr dort gefallen. Sie kann da ihr Baby aufziehen, im Garten findet sie Bewegung, und sie kann mit ihrem neuen Bogen schießen und sticken. Das ist *angemessen*.« Und so quatscht Lindsay immer weiter, fasst sich nie einmal kurz oder fragt şich, warum er als einziger all dieser großen Männer der Welt hier Reden hält. Die anderen wissen, dass es besser ist, nicht allzu viel zu sagen.

»Wir werden sie also nicht töten«, sagt Lennox und pflichtet ihm offenbar bei.

»Das ist beschlossen«, sagt Lindsay.

»Aber was, wenn die Lords, die heute Abend nicht hier sind, obwohl Lord Ruthven bei ihnen war, zurückkommen und einen Gegencoup versuchen? Uns die Königin nehmen und sie zu ihrem Oberhaupt erklären?«

»Sie meinen, Stirling Castle ist nicht sicher genug? Was dann?«

»Ja.«

Lindsay macht ein bekümmertes Gesicht und wirft einen Blick zu Darnley hinüber. »Ich weiß nicht ...«

Darnley auch nicht. Er schenkt sich etwas zu trinken ein und wendet sich ab. Werden sie ihn ebenfalls in Stirling Castle einsperren? Wenn sie Mary töten, töten sie dann auch ihn? Dass sein Vater dabei ist, bietet keinerlei Garantie, dass sie es nicht tun. Lennox würde nicht zögern, der Hinrichtung des eigenen Sohnes zuzustimmen, wenn es hilfreich wäre. Das weiß Darnley.

»Und wenn sie einen Jungen auf die Welt bringt ...«, sagt Lennox und redet von seinem eigenen Enkelkind.

»Oh, nein, es wird ein Mädchen«, sagt Ruthven. »Das weiß ich. Ich kenne die Anzeichen. Es ist keine Gefahr, das Kind am Leben zu lassen. Deshalb werden wir es nicht umbringen. Das wäre unangemessen.«

Und so stimmen Lennox, Morton und Lindsay darin überein, Mary und das Baby nicht zu töten, denn es wird nur ein Mädchen sein, und Stirling Castle ist sicher. Ihre kalten Blicke schießen zu Darnley. Definitiv.

»Ein italienisches Mädchen«, sinniert Lennox und entwickelt bereits eine Verteidigung.

Mary ist von Darnley schwanger. Der weiß das, genau wie Lennox. Darnley kannte Rizzio genau. Er hatte ihn so viele Male. Darnley mag Männer und Frauen, Rizzio nicht, und das Baby, das Mary in sich trägt, hat sie ganz am Anfang ihrer Ehe empfangen, als sie völlig vernarrt in ihn war. »Der wohlgestalteste große Mann, den ich je gesehen habe«, sagte sie über ihn. Sie betete ihn an. Darnley weiß, dass es sein Kind ist, das sie nicht töten wollen, und es ist ihm wichtig, aber nur insofern, als ihn die bloße Möglichkeit herabsetzt, nicht ein Jota mehr.

Sein Vater schenkt ihm ein schiefes Lächeln, das Darnley erwidert. Er mag betrunken sein, doch er sieht die verhangenen, tückischen Augen des anderen und weiß, dass sie keine Achtung für ihn bergen. Und jetzt setzen sich Ruthven und Lindsay schon wieder in seiner Gegenwart und haben nicht mal um seine Erlaubnis gefragt.

In dem Moment kommt Morton, Lennox' Helfer, ins Audienzzimmer geschlendert, als gehörte ihm hier alles, ohne Erlaubnis oder hereingebeten worden zu sein. Alle in der Gesellschaft schrecken auf, weil das gegen die Etikette ist, und Lord Morton wird bewusst, was er sich da erlaubt, lässt ein leises, entschuldigendes »Oh!« hören und weicht ein wenig zurück. »Ich bitte um Entschuldigung!« Er sieht Lennox an.

»Kommen Sie, Morton ... Nein, Sie sind höchst willkommen.« Lennox macht eine Geste zu einer Bank an einem nahen Tisch hin. Morton verbeugt sich höflich, schlüpft zwischen die anderen und setzt sich.

Es dauert einen kurzen Moment, bis Darnley bewusst wird, warum er diese Wut in seiner Brust verspürt: Morton hätte *ihn* wegen der Erlaubnis, eintreten zu dürfen, ansehen müssen – nicht nur, weil das hier seine Räume sind, nicht nur deswegen, sondern weil er *der König* ist. Von heute Abend an wird er ihr König sein. Sie dürfen alle nicht vergessen, wer hier das Sagen hat. Was der Plan war.

Sich seiner Autorität nicht sicher, greift er nach seinem Dolch. Er fühlt sich bedroht, will ihn nur berühren, Mut fassen, ganz so, als umfasste er sein Gemächt, doch der Dolch ist nicht da. Aber er hatte ihn doch. Das weiß er.

Er denkt zurück an das letzte Mal, als er sich machtvoll gefühlt hat.

Das war oben, als sie Rizzio gepackt haben. Ja. Er sollte hier vor allen einen Befehl aussprechen, dann sehen sie, dass er die Macht hat. Er steht unsicher da und ruft nach der Wache, sie soll von der Treppe hereinkommen.

Die Männer der Geschichte verstummen und heben den Blick, interessiert, aber in keiner Weise beunruhigt, als vier Wachleute hereinkommen.

»Holt David Rizzios Leiche aus ihren Gemächern«, befiehlt er. »Schafft sie nach unten.«

Die Wachen gehen. Darnley wendet sich wieder der Gesellschaft zu, und in der Stille, bevor das Gespräch neu beginnt, hören alle, wie die Königin oben in ihrem Schlafzimmer auf und ab wandert.

Seine Frau ist da oben und wartet darauf, dass die Mörder kommen, um sie und das Baby zu töten.

Dann hören sie, wie Rizzios blutige Leiche draußen vor der offenen Tür die Treppe heruntergerollt wird. Sie schlägt schwer auf den steinernen Stufen auf, verliert an Wucht und bleibt auf dem Absatz vor dem Audienzzimmer liegen. Sie klingt sehr nass. Darnley will weg von der Tür, denkt aber, dass es schlecht wäre und seine Autorität untergraben würde, dem Impuls zu folgen. Er trinkt seinen Becher aus, während die Wachen auf der Treppe leise miteinander reden. Jemand ächzt vor Anstrengung. Etwas Labbriges wird verschoben, ein Zischen, ein Keuchen, ein Schleifen über den Sandstein. Ein weiteres Ächzen, vielleicht der Tritt mit einer Ferse, und der Körper rollt die nächste Treppe hinunter. Darnley stellt sich den rot verschmierten Teppich vor, den er hinter sich zurücklässt. Er denkt daran, wie sie David zugerichtet haben und wie er an der blutigen Sauerei in der Fensternische vorbeigekommen ist. Er hat nicht genauer hingesehen, aber jetzt wird ihm ganz plötzlich schlecht, ohne Grund.

Der Anführer der Wache kommt allein zurück. Er tritt zu Darnley und flüstert, dass sie getan haben, was er verlangt hat. Er sagt auch, dass einer der Schlossbediensteten gefragt habe und sie ihm erlaubt hätten, dem Toten die guten Sachen auszuziehen.

Darnley versteht nicht, warum die Wache ihm das erzählt. Was gehen ihn die Domestiken an, er ist der verdammte König. Er will dem Mann ins Gesicht schlagen, doch der kommt mit immer weiteren Einzelheiten: Rizzios blutiger Körper ist jetzt nackt und liegt offen da, auf einer Kiste. Und gemäß Lord Mortons Befehl steckt allein noch Darnleys Dolch in seinem Körper.

Die Wache sieht ihn an, verbeugt sich und zieht sich zurück.

Wer war das? Ein Niemand, ein gemeiner Mann, doch er hat den Lauf der Nacht verändert, hat den Großen die Geschichte entrissen, denn als Darnley das hört – *Lord Mortons Befehl, allein noch Ihr Dolch* –, wird ihm voller Entsetzen bewusst, dass sie ihm diese ganze schmutzige Geschichte anhängen. Es ist ein abgekartetes Spiel. Er wird nicht König. Das war nie so geplant.

Er lässt seinen trunkenen Blick durch den Raum schweifen und gesteht sich ein: Diese Männer halten ihn nicht für den König, sondern für einen Idioten. Aber was kann er tun? Im Laufe der nachfolgenden Stunde betrinkt er sich dermaßen, dass er auf sein Bett fällt, die Besinnung verliert und um sechs Uhr früh aufschreckt. Noch bevor er die Augen öffnet, erinnert er sich, was am Abend zuvor geschehen ist.

Er setzt sich auf, Schmerz schwappt durch seinen Kopf. Darnley stelzt durch die auf dem Boden schlafenden Bediensteten und steigt nach oben. Die Tür ist von der anderen Seite abgeschlossen.

»Mary.« Er traut sich nicht, laut zu rufen, weil die anderen nicht wissen dürfen, dass er hier ist. »Mary, lass mich rein, bitte, ich bin's. Bitte, Mary? Bitte? Lass mich rein, lass mich mit dir reden. Mary?«

Die Tür öffnet sich, und da steht die Königin, zerzaust und rotäugig. Sie hat nicht geschlafen, packt ihn beim Hemd und zieht ihn in ihr Schlafgemach. Sie schließt hinter ihm ab, dreht sich um, nimmt seine Hände in ihre und zischt ihn wütend an: »Ich dachte, sie hätten dich umgebracht.«

Darnley fängt an zu weinen und schnieft

verängstigt. Sie ist froh, dass er nicht tot ist. Nicht, dass sie ihn fälschlicherweise für einen Verbündeten halten würde, aber sie lässt seine Hände nicht los, während er schluchzend auf die Knie sinkt. »Es tut mir so, so leid. Es tut mir leid, was gestern Abend passiert ist.«

»Wegen David?«

»Wegen David, natürlich wegen David.«

»Er hat dich *geliebt*, Henry. Er hat *dich* geliebt, und du lässt ihn von diesen Verrätern umbringen. Er ist einfach nur ein Sündenbock.«

»Es tut mir so leid«, jammert er und vergräbt das Gesicht in ihren Röcken. Es tut ihm nicht wirklich leid. Das weiß sie, und er weiß es, und wenn Rizzio noch lebte, wüsste er es auch. Es stimmt was nicht mit Darnley, da fehlt etwas. Er besitzt nichts von dem Mitgefühl, den feineren Empfindungen, über die der Mensch allgemein verfügt. Er ist anders. »Vergib mir, Mary. Kannst du mir vergeben?«

»Nein. Du bereust nur, was dir Schwierigkeiten bereitet.« Sie zieht ihre Hände zurück. »Du hast deinen Eid gebrochen, mich zu beschützen. Du hast gelogen und wirst es wieder tun.«

»Das werde ich nicht.«

»Ich kann dir nicht vertrauen. Ich weiß nicht, wem ich überhaupt vertrauen kann.«

»Mary, Mary ... Hör mir zu ... Ich kann dir beweisen, dass du mir vertrauen kannst. Ich kann dir Dinge erzählen.« Er rappelt sich hoch und wischt sich die Nase an seinem Ärmel ab.

»Sie haben die ganze Nacht geredet. Sie wollen dich für den Rest deines Lebens als Geisel in Stirling Castle festhalten, dich und das Kind.«

Kindergeiseln haben eine besondere Bedeutung in seiner Familie. Das wissen sie beide.

»Nicht nur uns. Auch dich werden sie dort hinbringen.«

»Ich glaube, ja.«

Sie sieht, wie seine eleganten Hände Tränen von seinen Wangen schlagen. Deshalb ist er hier. Er hat es mit der Angst bekommen und will die Seiten wechseln. »Aber ich kann dir nicht vertrauen, Henry.«

»Doch!« Er sieht zur Tür, durch die er gekommen ist, und denkt, sagt aber nicht: *Ich kann denen nicht trauen.*

Mary weiß, wie mit ihm umzugehen ist.

»Nein, du bist ein Lügner. Die Wahrheit bedeutet dir nichts. Aber solltest du mir mit einer Geste zeigen, dass ich dir doch ...«

»Warte«, sagt er und drängt an ihr vorbei. »Warte einen Moment.«

Er hastet die Treppe hinunter und kommt mit zwei grob zusammengefalteten Pergamentdokumenten zurück. Er gibt sie ihr, ohne rot zu werden, lächelt, und Mary denkt, dass er schrecklich müde aussieht. Sie öffnet die Dokumente und liest. Es ist der Vertrag, den sie alle abgesegnet haben und in dem sie diesem Aufstand zustimmen, mit allen Konditionen und den Einzelheiten, wer was bekommt, sowie der Liste der Unterschriften und den Siegeln von allen Beteiligten.

Jetzt weiß sie genau, wem sie trauen kann und wem nicht. Jetzt weiß sie, was sie wollen.

»Du hast mich *belogen*«, sagt sie.

Darnley kann nichts dagegenhalten, sagt dann aber leise: »Ich kann sie genauso belügen.«

ERKLÄRUNGEN UND ERSCHEINUNGEN

Den ganzen Sonntag über tut Darnley, schwach und verkatert, was ihm gesagt wird. Er erklärt das Parlament offiziell für aufgelöst. Alle, die nach Edinburgh gekommen sind, um ihren Sitz im Parlament wahrzunehmen – die Prälaten, die Earls, die Lords und Barons, die Bevollmächtigten und ihre Begleitung –, haben die Stadt innerhalb der nächsten drei Stunden zu verlassen, oder sie laufen Gefahr, verhaftet zu werden und ihres Lebens, ihres Grundbesitzes und ihrer Güter verlustig zu gehen.

Es kommt zum plötzlichen Auszug der angereisten Würdenträger. Sie sammeln ihre Bediensteten ein, ihre Vasallen, Stallburschen und Mägde, Frauen, Mätressen und Kinder, ihre Pferde, Kutschen und Möbel. Sie packen ihr Stadtleben zusammen und verschwinden. In der Stadt ist es totenstill.

Niemand wird der Zuwiderhandlung gegen diesen Befehl angeklagt, Edinburgh ist eine kleine Stadt. Es wäre schier unmöglich, sich zu verstecken. Alle wissen, dass etwas Unheilvolles vorgeht. In der Nacht wurde ein blutverschmierter, lachender Mann am Bett eines Priesters gefunden. Er wurde verhaftet und in den Kerker geworfen. Er will nicht aufhören zu schreien. Henry Yairs manisches Gebrüll schallt durch die stillen Gassen und verriegelten Häuser der verschwundenen reichen Besucher.

Darnley verliest eine zweite Erklärung: Die verbannten Lords werden nicht länger des Hochverrats beschuldigt und ihr Besitz wird nicht konfisziert. Er verkündet, dass sie sicher nach Schottland zurückkehren können, ohne befürchten zu müssen, verhaftet und belangt zu werden.

Tatsächlich sind sie bereits in Edinburgh, jedenfalls die meisten von ihnen, sie verstecken sich in verschiedenen Häusern überall in der Stadt und warten auf diese Erklärung.

Aus den Häusern von Verbündeten, Verwand-
ten und Freunden treten die verbannten Lords
ins Licht.

Sie treffen einander.

Sie grüßen einander.

Sie werden in den Straßen gesehen. Für die
Verschwörer läuft alles wie gewünscht.

ALT UND NUTZLOS, MIT EINEM PISSPOTT IN DER HAND

Am Sonntag, zur Mittagszeit, beginnt Mary ihr Baby zu verlieren. Sie krümmt sich vor Schmerzen, schreit laut, und niemand ist überrascht. Man weiß nicht viel über Schwangerschaften, aber zumindest, dass Frauen dabei immer wieder ihr Leben verlieren. Werden Babys nicht voll ausgetragen, sterben sie, und jede Komplikation, ein Schreck oder eine leichte Infektion können den Tod von Mutter und Kind bedeuten. Geburtsfehler sind Folgen »mütterlichen Drucks«: Erlebt eine schwangere Frau einen Schock, kann das die Gestalt des Kindes verändern, das sie in sich trägt. Ein heftiger Lärm kann zu Taubheit führen, ein sich aufbäumendes Pferd zu einer Hasenscharte. Und die Ermordung eines Bediensteten, eine Attacke von achtzig Männern und ein blutrünstiger Coup? So etwas führt sicher zum Tod, womöglich von beiden.

Die Verschwörer trauen Marys Hebamme nicht. Sie fürchten, sie wird Nachrichten der Königin an ihre treuen Anhänger übermitteln. Sie schicken eine aus ihren eigenen Reihen.

Die Hebamme besucht die Königin und erstattet Bericht: Mary spielt eindeutig kein Theater. Wenn sie wollen, dass Mutter und Kind überleben, müssen sie die Königin sofort freilassen.

Die Verschwörer diskutieren es in den Gemächern des Königs. Sie werden sie nicht freilassen. Sie werden an den äußeren Umständen nichts ändern und auch ihren Arzt nicht zu ihr lassen. Ihnen ist egal, ob sie ihr Kind austrägt oder stirbt. Und schon rechnen sie sich die Folgen aus.

Im Jahr 1566 bedeutet eine Fehlgeburt im sechsten Monat für gewöhnlich den Tod der Mutter. Alle überlegen, was dann kommen wird.

Keine Königin, kein Erbe, keine Opposition.

Sechs Stunden lang gibt Mary eine Fehlgeburt vor, es geht auf und ab. Lady Huntly bleibt die ganze Zeit an ihrer Seite.

Schreien Sie, flüstert sie Mary ins Ohr, und Mary schreit.

Die Verschwörer erlauben Lady Huntly, bei der Königin zu bleiben, weil sie alt und nutzlos ist und Mary wahrscheinlich mehr hasst als alle anderen. Bei ihr besteht keine Gefahr.

»Halten Sie sich den Rücken mit beiden Händen und winden Sie sich«, sagt Lady Huntly. Mary folgt ihren Anweisungen, und Lady Huntly ruft: »Oh, meine Liebe, meine Ärmste! Oh, was dauern Sie mich!«

Lady Huntly weint den ganzen Tag. Wenn sie jemand fragt, wie es Mary geht, hält sie sich ein Tuch vor den Mund, schüttelt den Kopf und sagt: »Meine arme Lady!«

Sie denken, es bedeutet, dass Mary und das Baby sterben werden. Frauen haben Erfahrung mit diesen Dingen. Lady Huntly hat zwölf Kinder zur Welt gebracht. Sie wird wissen, wann es an der Zeit ist zu weinen, und die Verschwörer sind froh, dass sie denkt, jetzt ist solch ein Zeitpunkt.

Lady Huntly bleibt bei Mary, reibt ihr den

Rücken, betupft ihr die Stirn und lässt sie am Madeira nippen. Sie flüstert ihr beruhigende Worte zu und beweint den Kummer der jüngeren Frau. Und während sie weint und tupft und tröstet, flüstert sie Mary zu: *George und James sind entkommen. Sie haben draußen in Dunbar eine kleine Armee aufgestellt. Sie werden für Sie kämpfen, wenn Sie es dorthin schaffen.*

»Aber warum helfen Sie mir?«, fragt Mary, »nach allem, was geschehen ist.«

Lady Huntly nickt bedächtig und denkt an die Hinrichtung ihres geliebten Sohnes, einen Verlust, der sich anfühlte wie der Tritt eines Pferdes direkt ins Herz. Der Schmerz hallt immer noch jeden Tag in ihr nach. Schließlich hebt sie den Blick, drückt Marys Hand und flüstert ihr ins Ohr: »In jenen Tagen habe ich mir oft eine Schwester gewünscht, die meine Hand hält.« Die Frauen sehen einander an, und für einen kurzen Moment müssen beide nicht so tun, als weinten sie. Der Moment geht vorbei, und Lady Huntly murmelt: »Und jetzt schreien Sie laut auf und drücken den Rücken durch.«

Mary tut, was ihr gesagt wird.

Der Einzige, den das alles nicht recht über-
zeugen will, ist der kleine Lord Lindsay.

Es ist gleich voller Argwohn, als ihm gesagt
wird, sie verliert das Kind und wird wahrscheinlich sterben. Es scheint ihm zu viel des
Glücks, denn er ist nüchtern.

Den ganzen Tag treibt er sich in Marys Gemächern herum, wie ein schlechter Geruch, er
kommt und geht, ohne um Erlaubnis zu fragen.
Er ist unverschämt, überprüft die Wäsche, tastet die Zofen ab und unterbricht die Leute bei
ihrer Arbeit, um sie zu durchsuchen.

Lady Huntly schmiedet den ganzen Tag Pläne.
»Sie müssen fliehen«, flüstert sie und ruft laut:
»Meine Ärmste!«

Am Nachmittag um vier erklärt Lady Huntly,
dass sie wissen muss, ob Mylady etwas zu
sich nehmen darf. Essen kommt, und Lindsay drückt sich immer noch im Zimmer herum,
beobachtet sie genau, hebt das Brot an und
sucht auf den Tellern herum, um sicherzuge-
hen, dass Mary keine geheimen Nachrichten
zugeschmuggelt werden.

Die Frauen versuchen, trotz seiner Anwesenheit zu essen. Er steht am Tisch und kratzt

sich zwischendurch. Er ist ein ekelhafter kleiner Mann.

Sie haben genug gegessen und wollen weg von ihm. Mary schreit laut, und Lady Huntly sagt, dass sie auf den Toilettenstuhl muss. Der steht im zweiten Turmzimmer, auf der anderen Seite des Speisezimmers. Das Baby kommt bald, sagt sie. Wir bereiten uns besser vor.

Im Toilettenstuhlzimmer erklärt Lady Huntly, sie kann in einem Wäschekorb ein Seil bringen, dann kann Mary aus dem Fenster klettern. Es sind nur drei Meter bis unten.

Mary sagt Nein, sie ist hochschwanger, es geht zu steil nach unten, und die Wachen würden sie sofort sehen. Was sie schaffen müssen, ist, dass die Wachen abberufen werden, und Lindsay müssen sie auch loswerden.

»Schreien Sie«, sagt Lady Huntly, und Mary schreit. »Oh, mein armes, armes Kind! Gott sei ihr gnädig!«

»Wir müssen die Lords glauben machen, dass sie gewonnen haben«, sagt Mary, »dann ist es mit ihrer Wachsamkeit vorbei. Dann können wir weg.«

Lindsay denkt, dass Mary und Lady Huntly

schon zu lange im Toilettenstuhlraum sind. Er platzt zu ihnen herein, als Mary in den Nachttopf pinkelt. Eines Besseren belehrt, ist er entschlossen, keinerlei Ehrerbietung zu zeigen, bleibt einfach stehen und hört zu, wie sie uriniert. Als sie fertig ist, nimmt Lady Huntly den Nachttopf und trägt ihn hinaus.

Lindsay ist verärgert, dass sie ihn so unbedeutend aussehen lassen, und hält die alte Frau auf. Er zwingt sie, den Topf abzustellen und sich durchsuchen zu lassen, weil sie eine geheime Botschaft von Mary bei sich tragen könnte. Er findet nichts, hebt gebieterisch die Hand und sagt, sie soll den Pisspott wegbringen.

Lady Huntly geht weiter, und der warme Urin schwappt im Topf hin und her, den sie mit einem Tuch bedeckt hat. Tief in ihrem Mieder steckt ein Brief von Mary an George und Bothwell.

Mary schreibt, sie wird zu ihnen kommen. Montag um Mitternacht. Auf der Straße nach Dunbar.

Bringt eine Armee.

ROT

Henry Yair hat sich heiser geschrien. Seine wunde Kehle brennt. Es wird etwas geschehen, etwas Schreckliches. Jede Sekunde weiß er, dass ihn diese schlimmstmögliche, diese unvorstellbare, unbekannte Sache JETZT treffen wird. Diese schreckliche, fürchterliche Sache wird JETZT geschehen.

Er hat eine solche Angst, sein Atem geht so flach, dass er kaum Luft bekommt.

Die ganze Nacht hockt er in der Ecke seiner kalten Zelle, auf den Schlag gefasst, während Adam Blacks Blut trocknet und sich von seinen Händen und seinem Gesicht schält.

Draußen schleicht sich der Tag an, laut und rot, und Henry Yair weiß nichts mehr. Nicht, was geschieht, nicht, wo er ist oder war, noch warum. Alles, woran er denken kann, ist zer-

tretenes Fleisch und wie froh er sein wird,
wenn dieses Leben ein Ende hat.

Er ist in der Hölle.

DER PREIS VON STRUMPFHOSEN

Darnley hat die Verschwörer überzeugt, dass Mary, die den ganzen Tag über schreit und leidet und Stück für Stück dem Tode näher kommt, ihre Begnadigungen unterschreiben wird. Sie wird den Protestantismus zur offiziellen Religion des Landes machen und ihrem Mann die Krone gewähren. Den ganzen Tag über schon wird sie von Geburtswehen geschüttelt, von Schmerzen gequält, versorgt nur von der dummen alten Lady Huntly. Die ganze Geschichte wird bald schon erledigt sein.

Am Montagabend versammelt sich eine vollständige Delegation im Audienzzimmer und kniet widerwillig vor der zitternden Königin nieder. Darnley steht neben ihr und sieht noch selbstzufriedener aus als sonst.

Mary hält sich den Leib und scheint fürchterlich erschöpft. Sie vermag kaum den Blick zu heben, so verängstigt ist sie. Sie steht vor der Statue der Heiligen Jungfrau, und die Nähe tut ihr keinen Gefallen.

Im hellen Kerzenlicht wirkt Unsere Liebe Frau der Gnaden entspannt und hat rote Wangen. Mary dagegen ist angespannt und blass, hält sich den Leib mit einer Hand und drückt sich die andere in die Leiste, als hätte sie Seitenstiche. Steif steht sie da und erwartet wohl jeden Moment neue unerträgliche Schmerzen.

Sie setzt zu einer Erklärung an, muss aber innehalten, um durchzuatmen. Sie versucht es noch einmal.

»Wir müssen einen Weg aus den Geschehnissen der letzten Tage finden«, sagt sie, »und was passiert ist hinter uns lassen. Wir müssen einen Weg finden, der unser aller Wohl gewährt und uns Frieden bringt. Die Geschehnisse, die Taten, sie zeugen von einem Schmerz, dem Beachtung zu schenken ...« Sie beugt sich leicht nach hinten und flüstert Darnley etwas zu.

Darnley wendet sich mit einem warmen Lächeln an die Delegation: »Gentlemen, Sie haben gewonnen. Meine Königin fühlt sich unwohl und muss in ihr Schlafgemach, aber sie wird Ihre Forderungen erfüllen. Bitte lassen Sie ein entsprechendes Dokument aufsetzen, das sie, wenn sie sich gut genug fühlt, später am Abend unterzeichnen wird. Sie haben mein Wort.«

Die Männer im Raum lächeln. Sie sind hocherfreut und erleichtert, dass es vorbei ist.

»Sie haben mein Wort«, bedeutet etwas in dieser Zeit. Es ist praktisch rechtlich bindend, aber Darnley belügt die Männer. Er bricht den Eid in böser Absicht. Mary würde es nicht tun, deshalb bittet sie Darnley darum. Sein Ruf ist auch so schon nichts wert.

Mary ist voller Gefühle an diesem Abend vor diesen Männern. Sie schnauft und hält sich den Leib, doch das ist es nicht. Die Männer, die den lieben Davie umgebracht haben, der zehnmal so viel wert war wie jeder Einzelne von ihnen, sie ekeln sie an. Einzig ihre Seelen bekümmern sie. Sie weiß, dass sie zur Hölle fahren werden und der Calvinismus ein vorübergehender Wahn ist, der den Menschen vorgaukelt, sie könnten sich aussuchen, wie sie Gott dienen wollen. Sie ist entsetzt, dass diese

Männer keine Ehre im Leib haben und nicht einmal das Bedürfnis verspüren, auch nur so zu tun.

Aber sie lässt sich ihre Gefühle nicht anmerken. Sie hält sich den Leib und klagt leise, als mühte sie sich, nicht zu laut zu jammern. Sie sieht zur Tür und will die Männer entlassen, doch da erklingt ein Schrei hinten aus der Versammlung. Ein Mann, Lord Moray, springt fluchend auf. Er schlägt sich auf die Knie, stampft auf den Boden und fährt einen Bediensteten an, er soll ihm sofort einen Lappen holen. Dann schimpft er wieder und schlägt sich auf die Beine.

Die Männer in seiner Nähe grinsen.

»Was ist?«, flüstert einer weiter vorne.

»Er hat David Rizzios Blut überall auf seiner neuen Samthose.«

»Oh, Scheiße.« Schicke Strumpfhosen sind teuer.

»Blut. Das kriegt er niemals raus.«

Quer durch den Raum kann Mary die roten Flecken auf dem hellgelben Stoff sehen, und dann fällt ihr Blick auf die große Blutlache

unter dem Fenster.

Ihr kommen die Tränen. Sie kann sie nicht aufhalten. Sie bedeckt ihr Gesicht und stöhnt leise: »Er war mein lieber Freund.«

Das beschämt die Männer. Sie hören auf zu lachen und wünschten, jemand würde die Frau hier herausbringen. Sie erinnern sich an das Gemetzel und sind jetzt doch ein bisschen verlegen. Sie haben es etwas übertrieben an dem Abend. Sie bekommen es nicht aus dem Kopf.

Plötzlich hält sich Mary die Seite und schreit auf. Lady Huntly kommt aus ihrem Schlafgemach gelaufen und hält sie, als Marys Beine wegknicken.

Selbst das ruft kein Mitleid bei den triumphierenden Männern hervor.

Moray steht mit seiner blutbefleckten Hose da, reckt den Kopf und erklärt im Bewusstsein der eigenen Wichtigkeit: »Der Verlust eines gemeinen Mannes ist weniger bedeutungsvoll als der Ruin vieler Lords und Gentlemen.«

Darnley und Lady Huntly helfen Mary aus dem Raum. Die Männer wissen nicht recht, was sie tun sollen, bis Lord Darnley zurückkommt und bekräftigt, dass die Königin beschlossen hat, ihnen alles zu vergeben. Sie will, dass diese Sache ein Ende hat. Wenn sie das Dokument aufsetzen, wird sie es unterschreiben. Sie haben sein Wort.

Die Königin ist so gut wie tot. Das Baby ist tot. Darnley hat die Krone, aber nur dem Namen nach. Die Lords kontrollieren alles. Die Königin gewährt ihnen, von ihr unterzeichnet, ihr Pardon für das, was sie mit David Rizzio gemacht haben, und sie bekommen ihr Land und ihren Besitz zurück.

Sie haben den Lauf der Dinge zu ihren Gunsten gewendet, diese großen Männer der Geschichte. Die Bache wird es unterschreiben. Jetzt müssen sie nur noch warten. Sie setzen die Erklärung auf, unterschreiben sie und geben sie Darnley, damit er sie der Königin in ihren Todesqualen gibt.

Und dann beschließen sie, essen zu gehen und ihren großen Erfolg zu feiern.

Mary reitet vor Darnley und den anderen durch die leeren Straßen der Stadt. Sie trägt einen Umhang, und um die Hufe ihres Pferdes ist Sackleinen gewickelt. Es hat geregnet, und die nassen Gebäude drohen finster. Die Straßen riechen frisch und sauber, die glatten nassen Pflastersteine glitzern silbern.

Lord Darnley kann sie deutlich erkennen, und auch wenn sie ihre Kapuze trägt, sagen ihm ihr gerader Rücken und ihr erhobenes Kinn doch, dass sie guter Dinge ist. Er trägt ebenfalls einen Umhang, ist aber voller Grauen. Er hat seinen Vater im Schloss zurückgelassen.

»Ich kann das nicht tun«, hat er gejammert, als sie durch den Weinkeller geschlichen sind. »Sie werden ihn umbringen.«

»Dann bringen sie ihn um«, hat Mary geantwortet und ihn am Arm weitergezogen. »Bleib hier, und sie bringen euch beide um.«

Sie braucht ihn, damit er die Vaterschaft des Babys anerkennt, wenn es geboren wird. Das weiß er. Deshalb nimmt sie ihn mit. Nicht, weil sie ihn liebt.

Darnley weiß auch, dass sein Vater ihn ebenso zurücklassen würde, wären ihrer beider Rollen vertauscht, keine Frage, aber ihm hatte stets der Gedanke geschmeichelt, dass er seinem Vater nicht antun könnte, was er jetzt getan hat. Er ist nicht besser als die übelsten Schurken, die er kennt.

Er denkt an Davie: ohne Hemd, schlafend, die dichten Wimpern lang wie die einer Kuh, die saftigen Lippen leicht geöffnet. Rizzio beim Tennis, der zusieht, wie Darnley einen unsichtbaren Ball aufschlägt, und wie sich seine Augen mit einem Lächeln über den dummen Witz füllen. Es bringt ihm nichts, dass er ihn getötet hat, und er hätte nicht gedacht, dass er das jetzt seinem Vater antun kann.

Er hebt den Blick und begreift, dass er die Stadt noch nie so ruhig, so schwanger und leer gesehen hat. Sie reiten durch regennasse, geschwärzte Straßen, bis sie offenes Land erreichen, dann lassen sie ihren Pferden die Zügel schießen. Mary galoppiert so schnell dahin, dass sie aussieht wie ein Kind, das von der reinen Freude zu reiten überwältigt wird.

Zehn Meilen weiter warten George Huntly und James, Earl of Bothwell, in der Dunkelheit und halten Ausschau nach ihrer Zukunft.

HIER IST EIN MANN MIT EINER KAPUZE AUF DEM KOPF UND EINEM MESSER IN DER HAND

*Eines späten Nachmittags · Im Mai 1566 ·
Auf einem Schafott in Edinburgh*

Henry Yair steht auf einer Plattform und blickt hinunter auf eine große Menschenmenge. Die Nachmittagssonne steht hinter ihm, und er kann die Gesichter der Leute sehr deutlich erkennen, denkt aber, dass sie ihn nicht sehen können, weil sie so blinzeln. Er richtet den Blick auf eine Frau und einen Mann, beide noch ziemlich jung, vielleicht ein Liebespaar. Sie halten sich bei den Händen. Sie wirken so bekümmert. Vielleicht sorgen sie sich wegen etwas. Er will den Mann neben sich anstoßen, damit er ebenfalls zu den beiden hinsieht,

151

stellt aber fest, dass seine Hände hinter seinen Rücken gebunden sind.

Yair hat Erscheinungen in der Nacht. Manchmal ängstigen sie ihn, diese grauen und grünen, sich verschiebenden Dinge, die sich so schnell vor- und zurückbewegen. Manchmal registriert er sie nur, weil er zu müde ist. Manchmal sieht er, was da wirklich ist. Manchmal ist das umso schlimmer.

Neben ihm steht sein Galgen-Bruder Thomas Scott, der Mann aus Perth mit der eingeschlagenen Nase. Scott ist der Sheriff. Ebenfalls Ruthvens Mann. Yair lächelt ihm zu und denkt, wie schön es ist, dass sie beide zu Ruthven gehören, aber Scott heult wirklich laut.

Es sind noch zwei weitere Männer oben bei ihnen, reichere Männer. Grundbesitzer, denkt Yair. Er betrachtet sie in ihren feinen Anzügen und sieht, es sind Mowbury und Harlow. Sie waren an dem Abend mit dabei. Er hat gesehen, wie sie auf Rizzio eingestochen haben. Er hat gesehen, wie Harlow einen Stuhl angehoben und Mowbury sich einer Tür zugewandt und nach der Klinke gegriffen hat. Er erinnert sich an diese bedeutungslosen Handlungsschnipsel: ein Mann, der einen Stuhl anhebt. Er hat ihn nicht wieder abgestellt. Steht er immer noch da und hält den Stuhl in die Höhe? Nein, er ist hier bei Yair. Aber vielleicht ist ein anderer Mann, der gleiche wie der hier, jetzt dort, an dem Abend, und hält den Stuhl immer noch? Yairs Erinnerungen sind zersplittert und haben keine Bedeutung. Die Zeit gleitet in andere Zeiten, und doch weiß er, er hat diese Dinge gesehen. Mowbury und Harlow, beide Grundbesitzer, heben einen Stuhl an und wenden sich einer Tür zu.

Aber Mowbury und Harlow sind von Scott und Yair getrennt. Die Grundbesitzer stehen ganz auf der anderen Seite. Sie sind nicht schmutzig wie er und Scott.

Scott sieht schrecklich aus. Yair hat ihn nie zuvor von der Seite gesehen. Die Wurzel seiner eingeschlagenen Nase ist komplett verschwunden, und – es ist erstaunlich – Yair kann Scotts Tränen genauso gut über die abgewandte wie über die ihm zugewandte Wange rinnen sehen. So flach ist die Nase! Sie ist überhaupt nicht im Weg. Scott hat ein paar Zähne verloren, sein Kinn ist blutig, sein Zahnfleisch aufgerissen.

Ein Mann tritt auf die Menge zu und ruft: *Auf Befehl von Lord Darnley ... David Rizzio ... Mord ... Diese Männer hier vor euch ... Begnadigt ... Mowbury und Harlow sind freizulassen ... Der Gerechtigkeit halber.*

Gerechtigkeit? Yair grinst zu Scott hin. Da waren Hunderte an dem Abend. Und hier stehen nur vier. Das ist ein Witz, nichts anderes. Morton und Ruthven und sie alle, und jetzt vier. Yair lächelt der Menge zu, dem Pärchen, aber niemand lächelt zurück.

Er versucht zu lachen, aber er hat so viel geschrien, er ist so heiser, dass er nur ein *Haha* zu krächzen vermag.

Die beiden Grundbesitzer werden vom Schafott geführt, ihnen wird die Stufen hinuntergeholfen, und die Blicke des jungen Paars folgen ihnen. Die Menge teilt sich, um die Grundbesitzer durchzulassen, man hält die Blicke gesenkt. Die Leute scheinen sich zu schämen, Zeugen ihrer Begnadigung geworden zu sein – als könnten sie in Schwierigkeiten geraten, weil sie die beiden hier gesehen haben. Sie wenden sich wieder Yair und Scott zu.

154 Plötzlich ist da ein Mann mit einer Kapuze

über dem Kopf und ein Geistlicher in einer langen, grauen Soutane, der in einem Gebetbuch liest.

Yair hat schon viele Male Hinrichtungen beigewohnt, aber diese Menge, sie ist nicht richtig. Das hier fühlt sich so anders an. Die Leute johlen nicht, wie sie es sonst tun. Sie stehen einfach nur da, die Hände an den Seiten, und sehen vom einen zum anderen. Die Gesichter ausdruckslos, die Köpfe rucken wie die von Tauben.

Er ist sich nicht sicher, was hier vorgeht.

Der Mann ruft jetzt andere Dinge: *Worte … Auf Befehl von … An dem Abend … Mutwillig … Und da hat … Father Adam Black.*

Yairs Miene hellt sich auf, als Father Black erwähnt wird. Er kennt den Namen. Er lächelt und erinnert sich an dessen komische Art zu gehen, dieses Hinken und Schlingern seines lahmen Knies, um voranzukommen, als stiege er über etwas hinweg, wiche ihm aus.

Neben ihm wird gebetet, werden Beschwörungen gemurmelt, doch das ist reine Zeitverschwendung, und Yair weiß es. Und jetzt schallt ein Geräusch von der Menge herauf, ein Gurren und überraschtes Aufjaulen, als ihm ein Strick um den Hals gelegt wird. Er lastet schwer auf seinem Schlüsselbein und bleibt dort liegen. Yair kann nicht aufhören, daran zu denken, wie ihm dieser Strick auf den Knochen liegt, wird dann aber von Scott abgelenkt, der neben ihm laut aufheult, mit offenem Mund, sodass ihm strähniger Sabber vorn aufs Hemd klatscht.

Sie legen auch Scott einen Strick um den Hals, und durch einen psychotischen Nebel wird Yair plötzlich bewusst, wo sie sind und was hier vorgeht.

Scott wird gefragt, ob er etwas zu sagen hat. Er schüttelt den Kopf. Yair fragen sie nicht, aber er will. Er brabbelt seine Panik in lauten, lauten Tönen heraus und hört auch nicht auf, als sie ihn an den Rand der Plattform schieben. Er hebt die Stimme und richtet sich an die Menge.

ICH BIN EIN MENSCH, erklärt er dem Himmel und dem Pärchen, den wabernden Häusern und der grünen Luft. Unversehens kommt Wind auf, stiehlt seine Worte und trägt den erdigen Geruch von Pferden heran, während der Boden unter ihm verschwindet.

156

Er ist weiß, dieser Ort, ein angenehmes Nichts, denkt er.

Ein plötzlicher greller Schmerz füllt seinen Kopf, und er versucht sich aufzusetzen, ringt nach Luft durch seine mächtig geschwollene Zunge.

Die Menge grölt, kreischt, singt, einige von ihnen singen, und der Schmerz in seinem Kopf ist so schlimm, dass er das Licht stoppen muss, das in seinen Augen brennt, seine Augen bedecken muss, doch seine Hände gehorchen nicht. Seine Schultern sitzen fest. Er kann die Menge nicht sehen, nur den Himmel, und er kann sich nicht bewegen.

Da ist ein Mann mit einer Kapuze auf dem Kopf und einem Messer in der Hand.

Und der Mann greift nach unten und umfasst ziemlich sanft Yairs Schwanz und Gemächt. Ein Finger gleitet auf die weiche Unterseite seines Hodensacks, und es fühlt sich liebevoll an.

Yair lacht, bis der Mann Schwanz und Gemächt abschneidet. Die Menge johlt. Die Kapuze hebt die Hand, um Henry Yair dessen reizenden Schwanz und die Eier zu zeigen, die

157

Yair sein Leben lang so geliebt hat. Schmerz-
kaskaden rauschen durch Yairs Körper, fegen
ihn ins und aus dem Leben, hinein und hinaus
aus dem weißen Schmerz in seinem Kopf.

Yair hebt den Blick und sieht den eigenen
lieben Schwanz hoch über sich am Himmel,
gehalten von einer blutigen Hand, und dann ...

CLARET AUF EINEM
SILBERNEN PANTOFFEL

Am Morgen der Taufe ihres Sohnes, James VI.,
führen Mary, die schottische Königin, und Lord
Darnley, ihr Ehegatte, dieses Gespräch.

»Du musst zur Taufe kommen, Henry. Du
musst das Kind öffentlich anerkennen. Die
Menschen müssen wissen, dass er dein Sohn
ist.«

»Nein, nein. Ich komme nicht.« Henry ist
noch betrunkener als gewöhnlich. Das ist er in
diesen Tagen oft. Sein Blick wandert herum, er
versucht, sich an etwas festzuhalten und dafür zu sorgen, dass seine Knie nicht einkni-
cken. Sie wünschte, er würde sich setzen. Sie
hat Angst, dass er auf das Baby fällt.

»Henry ...«, sie klingt nicht mal mehr erbost,
nur noch erschöpft, »er wird nicht sicher sein,

solange du ihn nicht als deinen Sohn aner-
kennst.«

»Ach, wirklich?« Er lallt fürchterlich.

Sie wissen es beide.

»Nun, vielleicht will ich kein Vater sein.«

»Dafür ist es etwas spät«, sagt sie.

»Vielleich hast du mich hereingelegt«, sagt
er und will sich Wein nachschenken, trifft aber
den Becher nicht, und der Wein platscht auf
den Steinboden. »Ich wollte ihn nicht. Was
wäre ich ...? Einen Sohn wollen? Er ist vielleicht gar nicht von mir.«

Er fährt herum und sieht sie an, als hätte er
etwas so Geistreiches gesagt, dass es sogar ihn
selbst überrascht.

Mary hört nicht hin. Sie beobachtet, wie
der rote Claret in die Spitze seines silbernen
Samtpantoffels zieht. Sie denkt an David Rizzio, erinnert sich an ihren Freund: *Sagen Sie
mir. Was ist das schönste Musikstück, das Sie
je gehört haben? Alle müssen darauf eine Antwort geben.*

Darnley sieht den Ausdruck in ihrem Gesicht, die tiefe Traurigkeit in ihren Augen und
folgt ihrem Blick zu seinem Zeh. Er braucht

einen Moment, um sich an die blutige gelbe Hose zu erinnern, und als er es tut, dreht er sich anklagend zu ihr hin.

»Woher soll ich wissen, dass der Junge nicht von dem Italiener ist?«

Mary sieht James an. »Du denkst, er könnte Davies Baby sein?«

»Weiß nicht«, murmelt Darnley.

Sie hält den kleinen an ihrer Fingerspitze saugenden Jungen in die Höhe. Er hat krauses, fuchsrotes Haar und eine Haut so bleich wie ein frischer, heller Mond. »Du denkst, das ist Davies Baby?«

Darnley zuckt mit den Schultern und lallt: »Wer weiß? Ich weiß nur so viel: Ich kann nicht sein Vater sein.. Kann ich nicht.«

Er hat recht. Er wird nicht der Vater des Babys sein. Er wird zwei Monate später ermordet werden. Er wird nicht lange genug leben, um irgendjemandes Vater zu sein.

»ÜBLICHERWEISE MIT MARY, QUEEN OF SCOTS, IN VERBINDUNG GEBRACHT«

Was Mary erlebt hat, war so furchterregend, dass sie nach ihrer Flucht aus Holyrood nie wieder dorthin zurückkehrt. Die Erinnerung an die Räume dort lässt sie erschaudern. Die Türen ihrer Gemächer schließen sich langsam und bleiben über zweihundert Jahre geschlossen. Das gesamte Stockwerk bleibt verlassen. Es gibt keine Gemächer der Königin mehr in Holyrood oder irgendwo sonst in Schottland, weil Mary gefangen genommen und nach England gebracht wird, wo man sie bis zu ihrer Hinrichtung am 8. Februar 1587 festhält. Und die nächste schottische Königin will auch nicht in ihre Gemächer in Holyrood, ebenfalls wegen jener Ereignisse.

Es ist eine schändliche Erinnerung, unverständlich für ein Publikum, dem die Reformation und die alles in zwei absolut unversöhnliche Lager teilende Denkart mehr als fern sind. Ein Mantel der Schande wird über die schönen Gemächer und das, was in ihnen geschehen ist, gebreitet.

Ein offizieller Verwalter von Schloss Holyrood wird ernannt, die Position wird weitervererbt. Die Verwalter leben im Schloss, und Marys Gemächer werden als Lagerräume für ungewolltes Mobiliar genutzt. Alte Betten und Schränke, Tische und Nachtstühle werden in ihnen untergebracht und vergessen, die Räume füllen sich mit allem, wofür es keine Verwendung mehr gibt. Staub legt sich darüber, Motten gedeihen. Mäuse beginnen sich in den dunklen Ecken anzusiedeln. Kaputte Stühle und wurmzerfressene Schränke sinken ineinander.

Tag folgt auf Tag, Jahreszeit auf Jahreszeit.

Nach hundert Jahren platzt eine Fensterscheibe in der Kälte und fällt heraus, aber sie befindet sich hinter einem großen Schrank, und niemand bemerkt es. Über Jahrzehnte dringt

Regen herein, ungesehen. Der hölzerne Boden wird nass, quillt auf und verrottet. Im Sommer bildet sich Schimmel und füllt die Räume mit einem süßlichen Geruch. Dinge zerfallen, vernutete Verbindungen brechen, einzigartige, unbezahlbare Möbelstücke verschmelzen nach und nach miteinander.

Es dauert zweihundert Jahre, um den Gestank zu vertreiben, und als jene Geschehnisse endlich lange genug zurückliegen, um sich in eine romantische Erzählung zu verwandeln, sind es die Engländer, die die Geschichte der schönen, drangsalierten schottischen Königin wertschätzen.

Walter Scotts *The Abbot* erscheint 1820, sechs Jahre nach Beginn seiner traumhaften Schriftstellerkarriere, und sein Roman erneuert das Interesse an Mary. Privilegierte schottische Fans nutzen ihren Einfluss, um Marys Gemächer besuchen zu dürfen. Sie kommen in ihr Audienzzimmer, gehen in ihr Schlafgemach, stehen in der Tür zum Esszimmer, dringen bis ins Toilettenzimmer vor, nehmen die kleine Treppe hinunter in Darnleys Räume und kommen vorn wieder hoch. Aber sie sind enttäuscht. Sie finden Räume vor, vollgepackt mit zerbrochenem, verstaubtem Gerümpel, nassem, verschimmeltem Zeug. Man muss sich hindurchschlängeln, und der Boden ist verrottet und fühlt sich nicht sicher an.

Dennoch, was von Mary stammen könnte, ist heiß begehrt, und sie nehmen etliches mit, vermeintliche Erinnerungsstücke, wobei es sich hauptsächlich um Krempel handelt, der nach ihrer Flucht in ihre Gemächer verfrachtet wurde. Am Ende weiß niemand mehr, was Mary, der schottischen Königin, gehört hat und was nicht.

Die Gemächer werden auch weiter vernachlässigt, bis man sie mit der sturen Vorgehensweise viktorianischer Bauhandwerker wieder herrichtet. Die verrotteten Dielen werden herausgerissen und durch neue ersetzt, wobei der Boden um fünfzehn Zentimeter angehoben wird.

Im 21. Jahrhundert stehen gläserne Vitrinen mit allerlei Dingen in den Gemächern und sind sorgfältig beschriftet: »Üblicherweise mit Mary, Queen of Scots, in Verbindung gebracht«.

Die Kuratoren sind zu ehrlich, um sie falsch zu

datieren. Vieles wurde erst lange nach ihrem Tod hergestellt.

In einer Fensternische ihres alten Audienzzimmers findet sich eine unten auf die Holzvertäfelung geschraubte Messingplakette. Man muss sich zu ihr hinunterbeugen, um sie entziffern zu können, so tief sitzt sie.

HIER WURDE DIE LEICHE VON
DAVID RIZZIO
nach seiner Ermordung
in Queen Marys Speisezimmer
am 9. März 1566 zurückgelassen.

Die Dielen darunter sind rot verfärbt.

Es ist Blut, das üblicherweise mit Mary, Queen of Scots, in Verbindung gebracht wird.

DANK

Ich möchte Jamie Crawford dafür danken, dieses Buch in Auftrag gegeben, mir die erste Fassung mit einem schallenden »fad« zurückgeschickt und mich dazu gezwungen zu haben, sie zu verbessern. Er macht das immer so, und er hat immer recht, was irrsinnig nervend ist. Ebenfalls vielen, vielen Dank an Alison Rae für ihr Lektorat, für Umstrukturierungen und das Überprüfen, ab wann es Kopfsteinpflaster gab, sowie Katie Buckhalter, die so nett war, eine private Führung durch die Gemächer für mich zu arrangieren.

Die Originalausgabe erschien 2021 unter dem Titel
»Rizzio« bei Polygon/Birlinn Ltd, Edinburgh.

Jorge Luis Borges, *Universalgeschichte der Niedertracht*,
1935, zitiert nach: Jorge Luis Borges, *Sämtliche Erzählungen*,
Hanser Verlag, München 1970.

Penguin Random House Verlagsgruppe FSC® N001967

1. Auflage
Deutsche Erstausgabe Juni 2023
Copyright der Originalausgabe © 2021 by Denise Mina
Copyright © der deutschsprachigen Ausgabe 2023 by btb Verlag
in der Penguin Random House Verlagsgruppe GmbH,
Neumarkter Straße 28, 81673 München
Covergestaltung: semper smile, München
nach einem Entwurf © Head Design
Autorinnenfoto: © Ollie Grove
Druck und Einband: Nørhaven Book A/S
MK · Herstellung: sc
Printed in Denmark
ISBN 978-3-442-77245-2

www.btb-verlag.de
www.facebook.com/penguinbuecher

Johan De Boose

Das Fluchholz

Roman

240 Seiten, btb 77113
Aus dem Niederländischen von Rainer Kersten

**Ein außergewöhnliches Stück Holz auf
seiner wundersamen Reise durch zweitausend
Jahre Menschheitsgeschichte.**

Einst gehörte es zu einem alten Olivenbaum in
Palästina, der dem Propheten Jeschua Schatten
spendete, dann wird es zum Kreuz, an dem Jeschua
endet: Ein Stück Holz erzählt die Geschichte seiner
abenteuerlichen Reise, seiner Begegnung mit dem
römischen Kaiser Nero, mit orthodoxen Mönchen,
islamischen Gelehrten und dem Papst, mit Faschisten
und Kommunisten, Erfindern, Künstlern und
Terroristen – und es verfolgt mit Ironie und Skepsis,
was der Mensch durch die Jahrhunderte so treibt ...

»De Boose ist der geborene Erzähler, ›Das Fluchholz‹
eine Mischung aus philosophischem Traktat,
Schelmenroman und Geschichtsbuch.«
Gooi En Eemlander

btb

Avni Doshi

bitterer zucker

Roman

352 Seiten, btb 77161
Aus dem Englischen von Frauke Brodd

Shortlist Man Booker Prize

»Bitterer Zucker« ist eine Liebesgeschichte. Aber nicht
zwischen zwei Liebenden, sondern zwischen Mutter
und Tochter. Antaras Mutter war stets eine eigenwillige
Frau, die keine Rücksicht auf ihre Tochter nahm:
Sie brach aus ihrer unglücklichen Ehe aus, ging in
einen Ashram, wurde die Geliebte des Gurus – alles
immer mit Antara im Schlepptau. Jetzt ist sie alt, und
Antara muss sich um eine demente Mutter kümmern,
die sich nie um ihre Tochter gekümmert hat.

»Blitzt wie eine scharfe Klinge – schön und
gefährlich zugleich. Ich bin restlos begeistert.«
Elizabeth Gilbert

btb